Barbara Veit
Tödliche Ladung

Die Reihe »Tatort Umwelt« von Barbara Veit handelt von modernen Verbrechen aus dem Bereich der Umweltkriminalität.
Der in diesem Buch dargestellte Fall hat einen realen Hintergrund, auch wenn er sich nicht in gleicher Weise und am gleichen Ort abgespielt hat.
Die dargestellten Personen sowie die Namen von Firmen etc. sind frei erfunden. Ähnlichkeiten mit lebenden Personen und bestehenden Firmen sind zufällig und von der Autorin nicht beabsichtigt.
Auch ein Umweltdezernat in der hier beschriebenen Form gibt es – leider – bisher nicht. Es existiert lediglich eine Umweltabteilung bei der Polizei, die aber mit weitaus geringeren Befugnissen ausgestattet ist.

Barbara Veit, geb. 1947 in München, wuchs in Wiesbaden und Hamburg auf und kehrte nach dem Abitur nach München zurück, wo sie auch heute noch lebt. Sie studierte Zeitungs- und Politikwissenschaft sowie Kunstgeschichte und arbeitet inzwischen als freie Journalistin und Autorin. Im Ravensburger Buchverlag veröffentlichte sie u. a. das »Umweltbuch für Kinder«, das »Dritte-Welt-Buch« (beide zusammen mit Hans-Otto Wiebus) und das »Tierschutzbuch«.

Von Barbara Veit sind in der Kriminalreihe »Tatort Umwelt« außerdem erschienen:
RTB 1761   Gefährliches Strandgut
RTB 1762   Die italienische Krankheit
RTB 1784   Fluß in Gefahr
Die Reihe wird fortgesetzt.

Barbara Veit

Tatort Umwelt:
Tödliche Ladung

Eine Kriminalgeschichte

Ravensburger Buchverlag

Dieser Band ist auf 100 % Recyclingpapier gedruckt.
Bei der Herstellung des Papiers wird
keine Chlorbleiche verwendet.

Originalausgabe
als Ravensburger Taschenbuch Band 1891,
erschienen 1994
© Ravensburger Buchverlag Otto Maier GmbH

Umschlagzeichnung: Michael Keller

Alle Rechte vorbehalten durch
Ravensburger Buchverlag Otto Maier GmbH
Gesamtherstellung: Ebner Ulm
Printed in Germany

5 4 3 2 1   98 97 96 95 94

ISBN 3-473-51891-3

Die »Martha« stampfte mühsam durch die Wellenberge des Ärmelkanals. Weißer Gischt überspülte von Zeit zu Zeit ihren Bug, immer dann, wenn sie tief eingetaucht war. Der Funker hatte den Wetterbericht für die norddeutschen Küstengebiete abgehört. Es sah nicht gut aus. Was ihnen die Biskaya erspart hatte, würde nun die Nordsee nachholen: Nord, Nordost 9 bis 10, in Böen bis 12. Das hieß Orkan. »Die ›Martha‹ hat schon Schlimmeres überstanden«, murmelte der Funker und gab die Meldung an Kapitän und Ersten Offizier weiter.

Kai schloß die Fensterläden und sicherte sie mit einem Querbalken. Der Junge war zwar groß und kräftig mit seinen fünfzehn Jahren, doch der Sturm war so heftig, daß Kai sich gegen seine Gewalt anstemmen mußte. Gebückt rannte er ins Haus zurück. Der Sturm drückte die Tür auf, und Kai fiel mit ihr ins Haus. Er lehnte sich gegen die Tür, um sie wieder zu schließen, dann zog er seine Jacke aus und hängte sie über den Haken an der Wand.

»Hast du die Fensterläden dichtgemacht?« rief Kais Mutter aus der Küche.

»Alles klar!« antwortete er.

Es war ganz dunkel im Flur, nur von der angelehnten Küchentür drang ein schmaler Lichtstreif herüber. Kai blieb stehen und kämmte mit den Fingern sein zerzaustes blondes Haar. Ein merkwürdiges Gefühl fiel ihn plötzlich an, etwas wie Angst. Irgend etwas schien in den finsteren Ecken zu lauern, und draußen heulte der Sturm, rüttelte am Haus wie ein Ungeheuer.

Der Klabautermann, dachte Kai.

Vom Klabautermann hatte Vater ihm oft erzählt, als Kai noch klein war. Der Klabautermann erschreckte die Seeleute, trieb seine Scherze, und manchmal holte er einen von ihnen hinab in die Tiefe – für immer.

Vater ist da draußen, dachte Kai.

Das Telegramm! Gestern war ein Telegramm gekommen. Vater hatte ihnen mitgeteilt, daß er spätestens übermorgen wieder in Deutschland sein würde. Die »Martha« würde in Emden einlaufen.

»Kai, wo bleibst du denn? Das Essen steht auf dem Tisch!« Kais Mutter öffnete die Tür.

Er konnte nur ihre Umrisse gegen das Licht erkennen. »Warum stehst du denn da draußen im Dunkeln?« fragte sie und knipste die Flurlampe an.

Kai starrte sie an.

»Was hast du denn? Ist dir der Klabautermann begegnet?« fragte sie scherzend. Doch plötzlich griff sie nach der Wand, als suche sie Halt. Sie senkte den Kopf und drehte sich um.

»Mach dir keine Sorgen«, murmelte sie. »Ich hab schon oft Gespenster gesehen, wenn dein Vater draußen war. Aber es waren nur Gespenster.«

Sie richtete sich entschlossen auf.

»Komm zum Essen, Junge.«

Kai versuchte durchzuatmen. Langsam ging er auf die

Küchentür zu. Alles war so wie immer. Auf dem Tisch das Wachstuch mit dem weiß-roten Karomuster, die Lampe, der Herd, die dampfenden Töpfe und Mutter, die gerade Suppe in die Teller schöpfte. Aber da war noch etwas anderes, etwas Kaltes, das Kai den Atem abschnürte.

»Es gibt Bohnensuppe mit Speck, die magst du doch so gern.« Mutters Stimme klang angestrengt fröhlich.

Kai setzte sich an den Tisch und schaute auf seinen Teller, ohne ihn wirklich zu sehen. Mutter saß gegenüber, doch auch sie aß nicht.

»In dem Telegramm steht, daß er mit der ›Martha‹ übermorgen in Emden sein wird. Das sind noch fast zwei Tage. Sie sind noch weiter südlich. Da ist der Sturm nicht. Du mußt dir wirklich keine Sorgen machen.«

Entschlossen nahm sie ihren Löffel und rührte in ihrer Suppe.

»Wie hast du das eigentlich immer ausgehalten?« fragte Kai plötzlich.

»Was?«

»Diese Angst um Vater, wenn er auf See war!«

Kais Mutter legte den Löffel wieder auf den Tisch. Sie stützte ihr Gesicht in beide Hände.

»Ich weiß nicht, Kai«, sagte sie leise. »Ich hab immer gedacht, daß Frauen von Seeleuten das eben durchstehen müssen. Aber ich habe es nicht besonders gut durchgestanden. Ich habe immer gezittert und ich –« Sie brach ab und strich ihr kurzes Haar zurück. »Ich habe angefangen, die Seefahrt zu hassen.«

Sie lächelte plötzlich.

»Aber es ist immer gutgegangen, und dein Vater liebt seinen Beruf. Er ist Schiffsfunker und nichts anderes. Jedenfalls sagt er das immer. Und er liebt die See.«

Sie nahm ihren Löffel wieder auf.

»So, und nun iß. Der Sturm wird vorübergehen. Wir haben schon schlimmere Wetter erlebt. 1962, da kam die See bis ins Dorf. Aber da warst du noch nicht auf der Welt. Ich war damals gerade so alt wie du heute. Erzähl lieber, wie es in der Schule war.«

»Normal«, sagte Kai. »Nächste Woche beginnen die Ferien, da läuft nicht mehr viel.«

»Und wie wird das Zeugnis aussehen?«

»Na ja, auch normal«, antwortete Kai. »Jedenfalls wird es keine Katastrophe.«

Danach wurde es wieder still in der Küche. Nur ihre Löffel schlugen hin und wieder leicht gegen die Teller. Von draußen aber drang das Tosen des Sturms herein. Es drängte sich in die Stille, heulend und pfeifend. Manchmal schien das ganze Haus zu beben. Sogar die Lampe über dem Tisch bewegte sich ganz leise hin und her. Durch die Fensterritzen spürten sie einen scharfen Luftzug.

»Damals, 1962«, sagte Kais Mutter plötzlich, »damals kam der Regen durch die Wand. Es regnete aus allen Ritzen zwischen den Ziegeln. Der Sturm war so stark, daß er den Regen durch die Hauswand drückte. Es war unheimlich.«

Kai schaute zur Wand hinüber.

»Wir haben alle Töpfe und Wannen an der Wand aufgestellt und Handtücher ausgelegt. Trotzdem wurde der Fußboden klatschnaß. Und dann kam das Wasser, weil der Deich brach. Meine Eltern, meine Geschwister und ich, wir alle mußten in den ersten Stock flüchten.«

»Sind damals viele Schiffe untergegangen?« fragte Kai.

Seine Mutter schob ihren Teller zurück.

»Einige«, sagte sie nachdenklich. »Viel schlimmer aber

war die Flut in Hamburg. Der Sturm hatte das Wasser die Elbe aufwärts bis in die Stadt gedrückt. Über 300 Menschen sind ertrunken. Aber das ist mehr als dreißig Jahre her. Ich weiß nicht, warum mir diese alte Geschichte heute einfällt.«

Sie stand auf und ging zum Fenster.

»Stockfinster«, sagte sie. »Magst du noch Suppe?«

»Nein«, antwortete Kai. »Ich muß noch was für die Schule tun.«

Er stand auf und stellte die beiden Teller in die Spüle.

»Ich geh dann mal in mein Zimmer.«

»Ist gut, Kai.« Mutter schaltete das Radio an. »Ich möchte noch die Nachrichten und die Wettermeldungen hören.«

Kai nickte und trat auf den Flur hinaus. Er überlegte, ob am Haus alles gesichert war. Das einzige Problem konnte die alte Pappel werden. Vater wollte sie schon lange fällen, aber er hatte es immer wieder aufgeschoben, weil der Baum so groß und schön war.

Kai stieg langsam die Treppe zu seinem Zimmer hinauf. Er hatte überhaupt nichts für die Schule zu tun. Er wollte einfach allein sein. Mutters Erzählungen machten ihn noch unruhiger, als er ohnehin schon war. Kai öffnete die Tür zu seinem Zimmer. Der Sturm heulte hier lauter. Kai schaltete seine Stereoanlage ein und drehte sie ganz laut auf. Das Schlagzeug der Hardrockgruppe dröhnte gegen den Sturm an. Kai warf sich aufs Bett. Am liebsten hätte er den Kopf unter das Kissen gesteckt. Er wollte dieses widerliche Gefühl nicht mehr aushalten, diese Mischung aus Angst und Unruhe.

Die Musik machte es nur noch schlimmer. Wütend schlug er auf die Powertaste und schaltete die Anlage aus, doch da war wieder dieses Heulen und Klappern. Kai packte das Kissen und zog es über seinen Kopf. Der Sturm drang jetzt nur noch gedämpft zu ihm, aber er war noch immer da.

Kai sprang auf.

»Hör auf!« schrie er. »Aufhören!«

Er setzte sich auf die Bettkante. Wenn das so weiterging, dann würde er in dieser Nacht nicht schlafen.

Die »Martha« stampfte weiter durch die tobende Nordsee. Alle Seeleute waren auf ihren Posten. Kapitän und Offiziere hielten Wache auf der Kommandobrücke. Das Schiff tauchte durch die Wellentäler, hob und senkte sich ächzend. Der Funker fragte bei den Küstenstationen an, wie lange der Sturm noch andauern würde. Ab zwei oder drei Uhr nachts sollte der Wind abnehmen. Er gab die Nachricht an den Kapitän weiter.

Als der Funker aufstand, wurde er gegen die Wand der Kabine geschleudert. Das Schiff legte sich stark auf die Seite.

Manchmal, dachte er, ist Seefahrt wie die Hölle. Und vor allem auf so einem Schrottkahn.

Als er sich aufrappelte, stolperte der Kapitän in die Kabine.

»Ist das zuverlässig, daß der Sturm abflaut?« fragte er.

»Jedenfalls meldet das holländische Seewetteramt allmähliche Wetterberuhigung«, antwortete der Funker.

»Ist gut«, nickte der Kapitän. »Ich habe nämlich meine Bedenken, ob der Kahn das länger durchhält.«

»Die werden ohnehin keine Freude haben, wenn wir mit der Ladung wieder in Emden eintrudeln«, sagte der

Funker und verzog sein Gesicht zu einem schiefen Lächeln. »Das ist deren Problem«, antwortete der Kapitän scharf und stützte sich mit einem Arm an der Wand ab. »Ich bin jedenfalls froh, wenn ich diese Fahrt hinter mir habe!«

Die »Martha« tauchte ein und rollte gleichzeitig seitwärts. Kapitän und Funker wurden gegen die Wand geschleudert.

Kai fuhr aus seinem Bett auf. Hatte da jemand geschrien? Es war stockfinster, der Sturm raste noch immer gegen das Haus. Kai tastete nach seiner Lampe. Irgend etwas war geschehen. Er schloß die Augen, als die Lampe aufleuchtete. Wer hatte geschrien? Er lauschte. Langsam öffnete er die Augen. Er selbst hatte geschrien! Jetzt fiel es ihm ein. Er hatte geträumt, daß die alte Pappel quer über das Haus gefallen war, und er lag unter ihr, begraben von schwarzen Ästen.

Die Pappel! Kai sprang aus dem Bett. Vielleicht war sie wirklich umgestürzt! Es war kein Traum. Plötzlich war er sich ganz sicher. Kai nahm seine Taschenlampe aus dem Regal und rannte aus dem Zimmer. Er stolperte die Treppe hinunter und riß die Haustür auf. Der Sturm nahm ihm den Atem, kalter Regen peitschte sein Gesicht. Kai hob die Taschenlampe und leuchtete in die Nacht hinaus. Da stand die Pappel. Sie bog sich bedrohlich, schwankte, zitterte, aber sie stand!

Kai starrte auf den Baum. Er konnte nicht begreifen, daß die Pappel wirklich noch da war. Er hatte ihre Äste über sich gespürt, schwer und erdrückend.

Der Regen weckte ihn endgültig auf. Plötzlich zitterte er vor Kälte. Er war naß bis auf die Haut. Langsam ging er ins Haus zurück. Er holte sich ein Handtuch aus dem Badezimmer und rubbelte seine Haare. Dann zog er seinen Schlafanzug aus und ließ ihn einfach auf den Boden fallen. Er wickelte sich in das Handtuch und horchte. Auf einmal war es ganz still. Das Heulen und Kreischen hatte aufgehört.

Kai lief wieder zur Haustür. Diesmal riß der Sturm sie nicht auf, als er öffnete. Draußen war es ganz ruhig. Nur ein sanfter Wind bewegte die Blätter der Pappel. Einmal noch wurde er heftiger, bog die Pappel, doch dann gab er auf. Der Baum richtete sich auf, schwarz stand er vor den hellen Wolkenfetzen, die vom ersten Dämmerlicht beleuchtet wurden. Kai zitterte wieder. Nackt stand er eine Weile auf der Türschwelle. Er hatte noch immer dieses flaue Gefühl im Magen, eine merkwürdige Ahnung, daß etwas Schreckliches passieren würde. Erst als die Kälte bis in seine Knochen drang, kehrte er in sein Zimmer zurück. Nackt wie er war kroch er ins Bett und schlief fast im selben Moment ein.

Am Morgen schien die Sonne. Kai zog sich an, ohne sich zu waschen. Er öffnete sein Fenster, um endlich wieder Luft hereinzulassen. Draußen sangen die Vögel. Kai schaute zum Weizenfeld des Nachbarn hinüber. Der Sturm hatte die Halme plattgewalzt. Kai atmete tief durch. Er fühlte sich besser, doch eine dumpfe Unruhe steckte noch immer tief in ihm. Er nahm seine Schultasche und ging langsam in die Küche hinunter.

Seine Mutter hatte bereits das Frühstück bereitet. Sie stand mit dem Rücken zu ihm und goß Tee auf.

»Morgen«, sagte Kai und setzte sich an den Tisch.

»Guten Morgen«, antwortete seine Mutter. Ihre Stimme klang merkwürdig. Als sie sich umdrehte, sah Kai, daß ihr Gesicht sehr blaß war. Tiefe Ringe lagen unter ihren Augen.

»Hast du auch so schlecht geschlafen?« fragte Kai vorsichtig.

»Ich habe überhaupt nicht geschlafen«, antwortete seine Mutter. Sie stellte die Teekanne auf den Tisch.

»Und ich habe die Nachrichten gehört«, fügte sie hinzu.

»Und?« fragte Kai.

»Es sind viele Schiffe in Seenot geraten. Aber sie sagen nichts Genaues.«

Mutter drehte sich wieder um. Kai hatte das Gefühl, daß Tränen in ihren Augen standen.

»Aber die Deiche haben gehalten!« Ihre Stimme klang belegt.

»Mhm«, machte Kai. Er schenkte sich eine Tasse Tee ein, fügte Milch und braunen Kandiszucker hinzu und rührte langsam um. Er hatte nur Durst, keinen Hunger.

»Viele Bäume sind umgestürzt.« Mutter drehte sich wieder zu ihm um. »Vielleicht wirst du dein Fahrrad über ein paar Bäume tragen müssen, wenn du in die Schule fährst.«

Sie versuchte zu lächeln, doch es mißglückte.

»Ach, Mama, mach dir doch nicht solche Sorgen«, sagte Kai. »Ich hab heute nacht geträumt, daß die alte Pappel umgefallen sei. Aber sie steht noch. Es wird schon alles gut werden.«

Seine Mutter zuckte die Achseln.

»Wir werden sehen«, antwortete sie.
Kai stand auf.
»Ich muß jetzt gehen.«
»Ja«, sagte sie leise. »Paß auf dich auf.«
»Tschüs!« rief er.
Sie schaute über den Tisch.
»Du hast ja gar nichts gegessen!«
»Du auch nicht«, antwortete er und lächelte ihr zu.

Kai hatte kaum das Haus verlassen, als das Telefon klingelte. Seine Mutter nahm zögernd den Hörer ab. Ihr Herz klopfte laut.

»Anna Freese«, sagte sie und räusperte sich, denn ihre Stimme klang heiser.

»Guten Morgen, Frau Freese. Hier ist die Seahawk-Reederei. Bitte regen Sie sich nicht auf, aber ich muß Ihnen leider melden, daß die ›Martha‹ heute nacht in Seenot geraten ist. Wir wissen noch nichts Genaues, aber es sieht so aus, als hätte man alle Besatzungsmitglieder retten können.«

Anna Freese hielt den Hörer fest ans Ohr gepreßt. Sie antwortete nicht.

»Frau Freese, sind Sie noch da?« fragte die unbekannte Männerstimme.

»Ja«, antwortete sie leise, und nach einer kleinen Pause fragte sie: »Ist die ›Martha‹ gesunken?«

»Ich weiß es nicht bestimmt, aber nach den letzten Meldungen sieht es so aus. Die Besatzung, und ich hoffe auch Ihr Mann, hatte aber noch Zeit, in die Rettungsinseln zu gehen. Es sind auch schon andere Schiffe und

Seenotrettungskreuzer zur Stelle. Es wird schon alles gutgehen.«

»Ja«, sagte Anna mechanisch und legte auf. Sie fühlte sich wie gelähmt und gleichzeitig von einer entsetzlichen Unruhe erfüllt. Eine eisige Leere breitete sich in ihr aus. Plötzlich war sie sicher, daß ihr Mann diesmal nicht zurückkehren würde.

Ich muß Kai benachrichtigen, dachte sie. Nein, beschloß sie in der nächsten Sekunde. Ich will nicht, daß er stundenlang auf die Nachricht warten muß. Ich werde allein warten.

Anna räumte die unbenutzten Teller vom Tisch. Sie stellte den Honigtopf in den Schrank, ohne zu bemerken, was sie tat. Dann füllte sie Tee in ihre Tasse und ließ sich auf einen Stuhl sinken. Sie würde einfach hier sitzen bleiben und warten.

Die Nachricht kam gegen Mittag. Sie wurde persönlich überbracht. Ein Wagen hielt vor dem Haus der Freeses. Anna saß noch immer am Küchentisch, als sie das Motorengeräusch hörte. Sie stand auf und strich ihre Haare zurück.

Jetzt, dachte sie und: Seltsam, ich bin ganz ruhig.

Es klingelte, und sie ging langsam zur Tür. Ein Mann und eine Frau standen vor ihr. Ihre Mienen waren sehr ernst. Sie stellten sich vor, aber Anna verstand ihre Namen nicht.

»Sie brauchen nichts zu sagen.« Anna hielt sich an der Tür fest. »Ich weiß, daß er tot ist.«

»Aber Frau Freese«, sagte die Frau. »Er ist als vermißt

gemeldet. Es besteht noch immer Hoffnung. Man sucht nach ihm. Mit Hubschraubern und Booten. Es wird alles getan, um ihn zu finden.«

»Lassen Sie das!« antwortete Anna schroff. »Es ist Frühsommer. Die See ist eiskalt. Sie wissen so gut wie ich, daß er keine Chance hat.«

Die beiden Vertreter der Seahawk-Reederei schwiegen betroffen.

»Es tut uns so leid«, sagte die Frau schließlich. »Allen in der Reederei tut es leid. Es ist so unbegreiflich, weil Ihr Mann der einzige Vermißte ist.«

Sie biß auf ihre Unterlippe und griff nach Annas Arm.

Anna bewegte sich unmerklich zur Seite. Die Frau zog ihre Hand zurück.

»Sind Sie im Augenblick allein?« fragte der Mann. Sein Haar war glatt zurückgekämmt, und er trug eine Brille mit getönten Gläsern.

Anna nickte.

»Können wir jemanden benachrichtigen? Verwandte oder Freunde? Sie sollten jetzt nicht allein bleiben.« Der Mann trat nervös von einem Bein auf das andere.

»Mein Sohn.« Anna hörte sich reden. »Mein Sohn ist noch in der Schule. Er wird bald nach Hause kommen.«

»Sollen wir ihn von der Schule abholen?« fragte die Frau.

»Nein, nein!« Anna machte ein abwehrende Bewegung. »Er wird schon kommen.«

Sie spürte in sich den heftigen Wunsch, daß Kai es nie erfahren sollte. Nie!

Weit draußen auf See, irgendwo vor der Insel Borkum, waren die Rettungsarbeiten noch immer im Gange. Kleine und große Boote durchpflügten das unruhige Meer. Die Männer in den Bergungsschiffen waren auf der Suche nach dem einzigen Vermißten der »Martha«. Der Frachter selbst war spurlos verschwunden. Keine Schiffsplanke, keine Kiste, kein Tau schwamm herum.

»Ich kann es mir noch immer nicht erklären«, murmelte der Kapitän der »Martha«, der auf einem Boot der Wasserschutzpolizei die Suche unterstützte. »Sie muß bei dem Sturm irgendwie leckgeschlagen sein. Als der Wind nachließ, da sackte sie plötzlich zur Seite. Es ging unheimlich schnell. Wir sind alle buchstäblich im letzten Augenblick runtergekommen. Und ausgerechnet der arme Freese hat es nicht geschafft!«

Der Kapitän starrte auf die braunen Wellenberge.

»Er hat überhaupt keine Chance«, sagte er resigniert. »Das Wasser ist viel zu kalt. So lange hält keiner durch. Das sind ja jetzt schon sieben Stunden.«

Der Beamte der Wasserschutzpolizei nickte.

»Sieht nicht gut aus«, bestätigte er und streifte den Kapitän mit einem Seitenblick.

Komisch, dachte er, irgendwie sieht der Mann aus, als fürchte er sich davor, seinen Funker noch zu finden. Aber wahrscheinlich ist das der Schock.

»Was hatten Sie eigentlich geladen?« fragte er.

»Ja«, antwortete der Kapitän nach einer kurzen Pause, »das ist das zweite Problem. Batterieschredder. Das Zeug ist ziemlich giftig – Schwermetalle!«

»Wissen die Kollegen das?« fragte der Beamte erschrocken.

»Natürlich. Ich habe sofort Meldung gemacht«, gab der Kapitän zurück.

»Wieviel von dem Zeug hatten Sie an Bord?«

»5000 Tonnen.«

»Und das liegt jetzt alles da unten«, stellte der Beamte trocken fest.

»Ja, das liegt jetzt alles da unten.«

»Praktische Art der Entsorgung«, meinte der Beamte und hob ein Fernglas vor seine Augen.

»Wie meinen Sie das?« fragte der Kapitän mißtrauisch.

»Einfach so. Ist doch praktisch, oder?« Der Polizist blickte angestrengt durch sein Fernglas. »Da schwimmt was!«

»Wo?«

»Da vorn. Es ist orangegelb und sieht aus wie eine Rettungsinsel.«

»Jetzt seh ich es auch. Vielleicht hat er es doch geschafft.« Auf der Stirn des Kapitäns erschienen Schweißtropfen. Sein rötliches Gesicht färbte sich noch dunkler.

Das Boot der Wasserschutzpolizei nahm Kurs auf die leuchtende Plastikinsel, die auf den Wellen trieb. Die Besatzung stand an der Reling, als sie die Insel erreichten. Die Männer ließen ein kleines Beiboot zu Wasser, und zwei Polizisten fuhren an die Insel heran. Mit Enterhaken zogen sie die Rettungskapsel zu sich heran. Kurze Zeit später meldeten sie über Funk, daß niemand gefunden wurde. Der Kapitän der »Martha« wischte sich die Schweißperlen von der Stirn.

»Jetzt ist es vorbei«, murmelte er. »Das war vermutlich seine allerletzte Chance.«

Der Beamte neben ihm schüttelte den Kopf und wunderte sich.

Kommissar Philip Sternberg saß an seinem Schreibtisch in München in der deutschen Zentrale des europäischen Umweltdezernats. Eigentlich lag er eher, denn er hatte seine Beine über die Tischplatte gelegt. Sternberg las die Zeitung, aber er langweilte sich.

Ich könnte eigentlich auch die Zeitung von vorgestern lesen, dachte er. Es ist immer dasselbe.

Er rubbelte seinen Schnurrbart, trank einen Schluck Kaffee und blätterte eine Seite um. Doch dann gab er auf und schleuderte die Zeitung quer durch sein Büro. Sie zerfledderte in ihre Einzelteile und verteilte sich über dem Fußboden. Sternberg betrachtete sein Werk, grinste und nahm die Beine vom Schreibtisch. Dann wandte er sich seinem Computer zu.

»Benimm dich anständig«, sagte er beschwörend. »Mach, was ich dir auftrage, vergiß meine Fehler, vergiß, daß ich dich nicht besonders mag.«

Er drückte ein paar Tasten und rief das aktuelle Informationsmaterial seines Dezernats ab. Zu seinem Erstaunen funktionierte es tatsächlich. Die Meldungen liefen langsam vor seinen Augen ab.

Auch nicht spannender als in der Zeitung, dachte er. Doch dann hielt er eine Meldung an.

Frachter in der Nordsee gesunken

Ein Frachtschiff der Seahawk-Reederei, Emden, ist in der vergangenen Nacht vor der deutschen Nordseeküste im Sturm gesunken. Das Schiff hatte schwermetallhaltigen Sondermüll geladen. Die Umstände der Havarie sind bisher nicht geklärt. Ein Seemann wird vermißt, alle anderen konnten gerettet werden. Eine Bergung des Havaristen ist vermutlich nicht möglich. Das Schiff befand sich auf dem Weg von Spanien nach Emden.

Sternberg las die Meldung zweimal. Dann legte er seine Beine wieder auf den Schreibtisch und dachte nach.

»Wieso«, sagte er laut, »wieso bringt ein Frachter Sondermüll von Spanien nach Emden? Normalerweise läuft das doch umgekehrt!«

In diesem Augenblick wurde die Tür aufgerissen. Sternbergs Kollegin Carla Baran kam – ohne anzuklopfen – ins Zimmer.

»Kannst du mir erklären, wieso ein deutsches Frachtschiff Sondermüll aus Spanien nach Emden transportiert?« fragte sie laut.

Dann schaute sie verdutzt auf die verstreuten Zeitungsblätter.

»Hat dir heute die Zeitung nicht gefallen?« fragte sie.

Sternberg betrachtete seine Kollegin nachdenklich. Sie sah, wie immer am Morgen, etwas verschlafen aus. Ihre braunen Locken waren noch verstrubbelt, sie war noch ein wenig blaß, und ihre dunklen Augen wirkten verhangen. Sternberg fand Carla morgens äußerst reizvoll. Er antwortete deshalb erst mit einiger Verzögerung.

»Nein«, sagte er, »und ich habe mir deine intelligente Frage soeben selbst gestellt.«

»Und welche Antwort hast du dir gegeben?«

»Noch gar keine«, grinste Sternberg. »Weil mir nämlich keine einfällt. Ich finde es nur merkwürdig. Aber ich hoffe, daß die Kollegen in Norddeutschland es herausfinden werden.«

Carla setzte sich auf die Kante seines Schreibtischs.

»Aber wir könnten doch unauffällig nachforschen«,

sagte sie. »Wir sind doch zur Zeit ohnehin vor allem mit Müll beschäftigt.«

»Soll das eine Kritik an deinem Job sein?« fragte Sternberg.

Carla lachte.

»Das kann man so oder so auslegen. Jedenfalls geht es auch ganz konkret um Müll: Plastikmüll für Asien, Giftmüll für Afrika, Dioxin auf Weltreise, Giftfässer in der Ukraine. Ich finde, da ist es doch eine echte Abwechslung, wenn wir endlich mal den umgekehrten Weg verfolgen. Man gewinnt ja sonst langsam den Eindruck, daß sich der deutsche Außenhandel vor allem in Müllexporten abspielt.«

Sternberg schwang mit einem leichten Seufzer seine Beine auf den Boden. Er ging zu den großen Töpfen mit Blattpflanzen, die am Fenster standen, und prüfte sorgfältig die Feuchtigkeit der Erde. Erst als er den letzten Topf kontrolliert hatte, drehte er sich wieder zu Carla um.

»Ich halte das für keine gute Idee«, sagte er. »Wir haben zur Zeit eine ganze Menge zu tun.«

»So viel, daß du bereits am Vormittag die Beine hochlegst und mit Zeitungen um dich wirfst«, kicherte Carla.

»Das«, antwortete Sternberg, »ist meine schöpferische Pause. Die brauche ich, um mich geistig fit zu halten. Wenn ich das nicht mache, dann habe ich zum Beispiel keine Chance gegen meinen neuen Computer. Er würde die Herrschaft antreten, wild Programme ausspucken, die ich nicht haben will, oder vielleicht sogar eigenmächtig meine Fälle lösen.«

Carla lachte laut.

»Kommst du immer noch nicht mit ihm klar?« fragte sie.

»Nicht immer. Er hat hin und wieder ein ausgeprägtes Eigenleben.«

»Aber du brauchst doch nur unsere Sekretärin zu fragen oder zum Beispiel mich!«

Sternberg strich über seinen Schnurrbart und richtete sich auf.

»Dazu bin ich zu stolz. Ich werde diesen Kampf gewinnen, und wenn es Monate dauert.«

»Na, viel Spaß«, gab Carla zurück. Sie ging zur Tür, wandte sich aber noch einmal um.

»Bist du sicher, daß wir nicht ein bißchen nachfragen sollten? Du weißt doch, daß ich die Nordsee liebe. Ich würde gern mal wieder hinfahren ...«

»Um ihren Schwermetallgehalt neu zu bestimmen?« grinste Sternberg. »Ich kann mir eine angenehmere Tätigkeit vorstellen. Nein, vergiß es. Bisher geht es uns nichts an.«

Carla schnitt eine Grimasse und schloß die Tür. Sternberg sah auf die Uhr. In einer halben Stunde würde die tägliche Lagebesprechung beginnen. Er mußte noch die Unterlagen über den Müllschmuggel nach Indonesien zusammenstellen. Unkonzentriert schob er die Papiere auf seinem Schreibtisch hin und her. Immer wieder dachte er an den Frachter, der jetzt auf dem Grund der Nordsee lag. Er war sich ganz sicher, daß irgendeine Schweinerei dahintersteckte.

Ich könnte bei Greenpeace anrufen, dachte er. Vielleicht wissen die etwas über den Fall. Seine Hand näherte sich dem Telefon, doch dann schob er entschlossen den Apparat weg.

Als Kai gegen Mittag von der Schule nach Hause fuhr, waren bereits die meisten umgestürzten Bäume von der Straße geräumt. Die freiwillige Feuerwehr von Eysum hatte den ganzen Vormittag gearbeitet. Das Haus der Freeses lag etwas außerhalb vom Dorf. Kais Vater hatte nicht gern so viele Häuser um sich herum. Er sagte immer: »Ich mag das weite Meer und das weite Land. Ich kann es nicht ausstehen, wenn ich auf Mauern schauen muß. Und Nachbarn sind mir auch lieber, wenn sie ein Stück entfernt sind.«

Das Ergebnis war, daß Kai jeden Morgen zwanzig Minuten mit dem Fahrrad fahren mußte. Bei Wind und Wetter, denn der Schulbus kam bei Freeses nicht vorbei. Wenn das Wetter gut war, dann mochte Kai die Fahrt über die Felder. Heute, nach dem Sturm, war die Luft besonders klar. Schwärme von Möwen flogen vom Deich herüber und ließen sich aufgeregt kreischend auf den Wiesen nieder.

Kai fuhr langsamer, als er sich dem Haus näherte. Nur der Giebel lugte über die dichte Hecke. Kais Unruhe nahm wieder zu. Vor dem Gartentor stieg er ab. Er schaute zur alten Pappel hinüber.

Ich werde dich nie absägen, dachte er.

Unzählige abgebrochene Äste lagen auf dem Rasen, im Gemüsegarten und quer über den Blumenbeeten. Wieso hatte Mutter die Äste nicht schon mal von ihren Blumen geräumt? Die Blumen waren ihr so wichtig.

Kai stellte sein Fahrrad ab und ging zögernd zur Haustür.

»Mutter!« rief er. Er trat in den Flur und ging langsam zur Küche. Die Küchentür stand offen. Anna Freese saß noch immer am Tisch, die volle Tasse unberührt vor sich.

»Geht es dir nicht gut?« fragte Kai angstvoll.

Annas Gesicht war sehr blaß. Sie wandte den Kopf und starrte ihn an.

»Was ist denn, Mutter?« Er lief zum Tisch und legte einen Arm um ihre Schultern. Anna strich über Kais Haare, dann machte sie sich frei.

»Ist schon gut, Junge«, sagte sie.

»Aber es ist doch was passiert!« Kai schrie fast.

Anna stand auf.

»Die ›Martha‹ ist heute nacht untergegangen. Vater wird vermißt.« Sie wandte sich zum Fenster, und ihre Schultern begannen zu zucken. Anna weinte.

Kai stand ganz still. Er hatte ein Gefühl, als strömte flüssiges Eis durch seinen Körper. Das Eis erreichte seinen Kopf. Er fühlte nichts mehr. Nur sein Verstand arbeitete plötzlich ganz klar.

»Und die anderen?« fragte er.

Anna schluchzte auf.

»Die anderen wurden alle gerettet.«

»Alle?«

»Alle«, antwortete Anna.

Kai schaute auf die Uhr. Es war früher Nachmittag. Wenn die »Martha« gegen Morgen untergegangen war, dann bedeutete das acht bis zehn Stunden im kalten Wasser. Kai war der Sohn eines Seemanns. Er wußte, daß kein Mensch sich so lange im kalten Wasser halten konnte. Aber vielleicht hatte Vater sich in eine Rettungsinsel flüchten können. Er mußte es einfach geschafft haben. Vater durfte nicht tot sein.

Kai wurde es schwindelig. Er drehte sich um und rannte zur Treppe. Auf den Stufen stolperte er und schlug hart auf. Heftiger Schmerz durchfuhr sein Schienbein, Tränen traten in seine Augen. Mühsam richtete er sich auf und schleppte sich in sein Zimmer. Der Schmerz in seinem Bein breitete sich über seinen ganzen Körper aus. Da war kein Eis mehr, nur noch Schmerz.

Vater konnte nicht da draußen ertrunken sein! Nicht Vater! Kai saß auf dem Bett und hielt sein Bein. Er fuhr auf. Er mußte Vater helfen! Er konnte ihn doch nicht allein lassen!

Kai versuchte aufzustehen, doch der Schmerz in seinem Bein war so stechend, daß er stöhnend wieder aufs Bett zurückfiel. Er konnte sowieso nichts machen. Absolut nichts.

Aber er hielt das nicht aus. Kai wälzte sich auf seinem Bett hin und her. Er hielt die Augen geschlossen.

Kai nahm es nicht wahr, als seine Mutter neben ihm stand.

»Mein Gott, Junge«, flüsterte sie und hielt seine Arme fest. Kai schlug um sich.

»Kai!« rief sie. »Kai, ich bin's!«

Kai öffnete seine Augen und starrte Anna an.

»Entschuldige«, murmelte er.

»Ist ja schon gut«, antwortete sie leise.

Sie setzte sich neben ihn, bis er allmählich ruhig wurde.

»Komm mit nach unten«, sagte sie schließlich. »Ich mache uns einen heißen Tee.«

Kai setzte sich auf und atmete tief durch.

»Nein«, antwortete er ruhig. »Ich mache uns einen Tee.«

Er stand entschlossen auf. Sein Bein schmerzte zwar noch, aber es war auszuhalten. Hintereinander gingen sie die Treppe hinab. Kai stellte den Wasserkessel auf den Herd.

»Willst du die Nachrichten hören?« fragte er Anna.

»Nein!« sagte seine Mutter heftig. »Ich will es nicht im Radio hören.«

Kai füllte Teeblätter in die dicke, weiße Kanne. Vater würde nie mehr mit ihnen Tee trinken. Es war alles aus. Kai bereitete den Tee ganz mechanisch. Er goß das kochende Wasser in die Kanne, stellte zwei Tassen auf den Tisch. Schließlich saßen sich Anna und Kai gegenüber und tranken den heißen Tee.

»Wir könnten nach Emden zur Reederei fahren«, sagte Anna nach einer Weile.

Kai schüttelte den Kopf.

»Da können wir überhaupt nichts machen. Es wird noch schlimmer, wenn wir dort rumsitzen.«

Am späten Nachmittag füllte sich das Haus der Freeses. Annas Schwester und ihr Mann kamen vorbei, zwei, drei Nachbarn, Heinrichsen, der Dorfpolizist, zwei Schulfreunde, eine von Kais Lehrerinnen, der Bürgermeister.

Es wurde laut in Küche und Wohnzimmer. Man trank Tee und Kornschnaps. Irgendwer hatte Kuchen mitgebracht. Alle schwankten zwischen Hoffnung und Trauer. Kai und seine Mutter ließen sich von den Gefühlen der anderen nicht anstecken. Sie wußten, was geschehen war. Hin und wieder trafen sich ihre Blicke. Die Wärme und Anteilnahme der vielen Menschen taten Anna gut, doch sie fühlte sich erschöpft. Immer wieder verspürte sie den Wunsch, die anderen wegzuschicken, doch dann packte sie die Angst vor der Stille, dem Alleinsein. Allein mit Kai, der im Augenblick zu gefaßt wirkte.

Kai war ebenfalls froh über die vielen Menschen. Auch er fürchtete sich vor Annas Schmerz.

Gegen sieben Uhr kamen der Mann und die Frau von der Reederei wieder. Anna bat sie in die Küche. Sie hatte keine Kraft, die Nachricht allein anzuhören. Alle wurden ganz ruhig. Zigarettenrauch zog in dichten Schwaden um die Lampe.

Der Mann trug einen guten dunkelblauen Anzug, wie bei einer Beerdigung.

»Guten Abend«, sagte er leise. »Ich wollte Frau Freese mitteilen, daß die Suche über Nacht eingestellt wird. Morgen früh wird sie selbstverständlich wieder aufgenommen. Man soll die Hoffnung nie aufgeben.«

Kais Onkel Fred war ein kräftiger Mann mit roten Backen. Er stellte sein Schnapsglas heftig auf den Tisch und schob sein Kinn vor.

»Bestand ja wohl nie viel Hoffnung! Wenn man Leute auf einem Schrottkahn mit einer Scheißladung losschickt!« sagte er angriffslustig.

»Na, hören Sie mal!« Der Mann von der Reederei runzelte die Stirn und machte einen Schritt zur Tür. »Ich wollte mit Frau Freese sprechen, nicht mit Ihnen.«

»Frau Freese gehört zufällig zu meiner Familie«, brummte Onkel Fred, »und wir in Eysum halten alle zusammen.«

Der Mann von der Seahawk strich nervös über seine beginnende Glatze.

»Nun mach mal halblang, Fred«, sagte Heinrichsen, der Dorfpolizist. »Du hast ein bißchen viel Korn erwischt. Der Mann tut doch nur seine Pflicht.«

»Jaja, wir tun alle unsere Pflicht – du, ich und er, der gute Torsten Freese hat sie auch getan. Dabei gehen wir dann alle irgendwann vor die Hunde. Sie wahrscheinlich auch!« schloß er mit einem bösen Auflachen. »Und du auch, Heinrichsen«, fügte er noch hinzu.

Es war wieder ganz still in der Küche. Onkel Fred goß sich noch einen Korn ein. Er trank das Glas in einem Zug leer, wischte sich mit dem Handrücken über den Mund und schaute bedeutungsvoll in die Runde.

»Kommt mir nicht mit Pflicht! Das erinnert mich an ganz böse Zeiten. Da haben die Leute andere umgebracht und hinterher gesagt, daß sie ihre Pflicht getan hätten. Das ist jetzt über fünfzig Jahre her. Ich war damals noch ein Kind, aber vergessen werde ich es trotzdem nie.«

»Komm, Fred«, sagte Annas Schwester. »Das gehört doch jetzt nicht hierher. Immer fängst du mit den alten Geschichten an, wenn du zuviel Korn getrunken hast.«

Onkel Fred schlug mit der Faust auf den Tisch.

»Die alten Geschichten!« rief er. »Die sollte niemand vergessen. Und außerdem stinkt die Geschichte mit Torsten Freese. Da ist irgendwas oberfaul! Ich habe meinem Schwager schon lange geraten, daß er bei der Seahawk kündigen soll.«

Der Mann von der Reederei lief rot an. Die Frau lächelte unsicher.

»Ich kann verstehen, daß Sie alle sehr durcheinander sind. Da sagt man manchmal Dinge, die nicht genau überlegt sind. Ich denke, daß wir Sie jetzt allein lassen. Wir jedenfalls hoffen mit Ihnen, daß die Bergungsmannschaften Torsten Freese doch noch lebend finden werden.«

Die beiden nickten den Anwesenden zu und zogen sich zurück. Anna ging ihnen nicht nach. Kai fühlte sich wieder ganz schwindelig. Was hatte Onkel Fred gemeint, als er sagte, daß etwas am Untergang der »Martha« oberfaul sei? Vater hatte nie besonders viel über seine Arbeit bei der Seahawk-Reederei erzählt. Er fuhr erst seit einem Jahr für die Seahawk. Kai wußte, daß die Fracht meistens aus Sondermüll bestand, der zur Weiterverarbeitung ins Ausland gebracht wurde. Meistens gingen die Fahrten nach Spanien, Portugal oder Nordafrika. Kai hörte plötzlich ganz deutlich die Stimme seines Vaters in seinem Kopf: »Ich würde lieber auf ganz normalen Handelsschiffen fahren, aber ich kann froh sein, daß ich überhaupt einen Job habe. Es sieht schlecht aus mit der Seefahrt.«

Am nächsten Tag wurde Torsten Freese offiziell für tot erklärt. Kai war nicht zur Schule gegangen, und Tante Kirsten, Annas Schwester, hatte bei ihnen übernachtet.

Der Kapitän der »Martha« stattete ihnen einen Beileidsbesuch ab. Kai haßte ihn, diesen dicklichen Kerl mit seiner goldbetreßten Uniform, der seit einer Stunde bei ihnen in der Küche saß. Wie er Mutters Hände gedrückt hatte! Verlogen und ekelhaft! Schweißnasse Hände, die er ebenfalls hatte anfassen müssen.

»Wir Seeleute sind alle stets darauf gefaßt, daß uns die See holt«, hatte er gesagt. »Wir anderen hatten einfach Glück. Es hätte auch uns alle erwischen können. Sie wollen sicher wissen, wie es geschehen ist. Deshalb bin ich gekommen und weil ich Ihnen beiden ganz persönlich mein Mitgefühl ausdrücken möchte – übrigens auch im Namen der ganzen Mannschaft.«

Anna wollte es wissen und auch wieder nicht. Doch sie hatte keine Gelegenheit, darüber zu entscheiden. Der

Kapitän setzte sich an den Küchentisch und berichtete, während Tante Kirsten Tee kochte und Mutter blaß und still zuhörte.

»Der Sturm hat fast die ganze Nacht gedauert. Wir hatten schwere See. Die ›Martha‹ hielt ganz gut durch, aber irgendwann hatte ich plötzlich so ein mulmiges Gefühl. Ich spürte, daß wir Schlagseite bekamen.«

Der Kapitän machte eine Pause und trank einen Schluck Tee. Kai stand am Küchenfenster und starrte in den Garten. Er hätte den Kerl am liebsten eigenhändig rausgeworfen.

»Als dann der Sturm abflaute und sich alles ein bißchen beruhigte, da konnten wir es alle merken. Das Schiff sackte ziemlich schnell nach Backbord. Wir konnten überhaupt nichts machen. Wir sind gerade noch runtergekommen. Und keiner hat am Anfang gemerkt, daß Torsten Freese fehlte.«

Er machte wieder eine Pause und starrte in seine Tasse.

»Mehr kann ich leider nicht sagen.« Er seufzte. Die Stille im Zimmer war ihm sichtlich unangenehm.

»Ich habe gestern noch den ganzen Tag mitgesucht. Aber wir haben nichts gefunden außer einer leeren Rettungsinsel. Das ganze Schiff war einfach weg.«

»Verletzt wurde niemand?« fragte Tante Kirsten plötzlich.

»Nein, zum Glück nicht. Alle haben es geschafft!« Der Kapitän nickte zu seinen Worten.

»Wie geht es Thore?« fragte Tante Kirsten weiter.

»Thore Petersen. Ich glaube, er fuhr als Schiffsjunge. Er ist der Sohn unserer Nachbarn.«

»Mit Thore ist alles in Ordnung!« Der Kapitän stieß seine Worte zu laut aus, bemerkte es und fuhr leiser fort. »Ich habe dafür gesorgt, daß der Junge als einer der ersten in die Rettungsinseln kam. Er ist schließlich erst siebzehn.«

Und Vater, dachte Kai verzweifelt, Vater war wohl schon alt genug, um zu ertrinken!

Kai haßte den Kapitän immer stärker. Er hielt es nicht mehr aus in der Küche. Langsam ging er zur Tür. Bloß raus hier, weg von diesem Menschen, der ohne Gefühle zu sein schien. Er fürchtete, daß Anna ihn zurückrufen würde, doch sie blieb still. Kai verabschiedete sich nicht, sondern knallte die Tür hinter sich zu. Er konnte nicht anders.

Weder Anna noch Tante Kirsten entschuldigten sein Verhalten.

Kai hatte überhaupt nicht an Thore gedacht. An Thore, den rothaarigen Jungen, der immer von seinem Vater geprügelt wurde. Thore war mal Kais Freund gewesen. Eigentlich war er noch immer sein Freund. Aber Thore war ziemlich verschlossen und schwierig. Kai hatte irgendwann keine Lust mehr gehabt, dauernd hinter Thore herzurennen. Vater war es gewesen, der Thore Arbeit als Schiffsjunge besorgt hatte. Kai konnte sich noch gut daran erinnern.

»Der Junge muß weg von seinen Eltern«, hatte Vater gesagt. »Die machen ihn kaputt. Petersen säuft und prügelt, und seine Frau läßt sich alles gefallen, obwohl sie selber öfters ein blaues Auge abkriegt. Thore ist intelligent und sensibel. Der muß da weg, ehe es zu spät ist!«

Wenn Vater von einer Sache überzeugt war, dann zog er sie auch durch. Als Thore seinen Schulabschluß hatte, nahm Vater ihn mit zur Seahawk-Reederei, und bald darauf war Thore Schiffsjunge. Er fuhr auf der »Martha«, und Vater kümmerte sich um ihn.

Manchmal war Kai eifersüchtig. Er sah seinen Vater

oft wochenlang nicht, aber Thore war jeden Tag mit ihm zusammen.

Kai saß inzwischen in seinem Zimmer. Es war bereits dunkel, und er hatte gehört, wie der Kapitän sich verabschiedete.

Ich muß mit Thore sprechen, dachte er. Vielleicht weiß Thore etwas. Er hatte Vater bis zuletzt gesehen.

Kai holte seine Lederjacke aus dem Schrank und lief die Treppe hinunter.

»Ich fahr mal eben ins Dorf!« rief er in die Küche.

Tante Kirsten drehte sich erstaunt um.

»Du kannst doch jetzt nicht einfach wegfahren! Dein Vater ist tot. Du kannst doch deine Mutter nicht allein lassen!«

Kai blieb stehen.

»Wo ist Mutter denn?«

»Sie ist oben, aber sie wird gleich wieder kommen. Du kannst jetzt wirklich nicht weg.«

»Aber du bist doch bei Mutter!«

»Ich bleibe nicht mehr lang. Fred wartet schon auf mich. Morgen komme ich wieder.«

»Ich bin bald wieder da«, sagte Kai. »Ich werde bestimmt nicht lange wegbleiben. Ich muß mit Thore reden. Er war auf der ›Martha‹. Er hat Vater als letzter gesehen!«

Tante Kirsten kam zur Tür und legte beide Hände auf Kais Schultern.

»Aber Junge«, sagte sie, »das hat doch noch Zeit bis morgen. Thore wird erst heute zurückgekommen sein. Er steht sicher noch unter Schock. Und du kennst doch seine Eltern ...«

Kai schüttelte den Kopf.

»Ich fahre gleich«, sagte er bestimmt und ging zur Haustür.

»Du bist wie dein Vater!« rief Tante Kirsten ihm nach. »Wenn der sich etwas in den Kopf gesetzt hatte, dann machte er es auch!«

Kai holte sein Fahrrad aus dem Schuppen. Kein einziger Wagen begegnete ihm auf dem Weg zum Dorf. Es war sehr dunkel, nur die kleine Lampe seines Fahrrads warf einen Lichtkegel in die Finsternis. Je weiter Kai sich von zu Hause entfernte, desto einsamer fühlte er sich. Vater würde nie mehr zurückkommen. Der Gedanke war so ungeheuerlich, daß Kai ihn nicht richtig begreifen konnte.

Da lag Thores Haus, doch er hielt nicht an. Er fuhr immer weiter, immer schneller. Ohne nachzudenken lenkte Kai sein Fahrrad zum Deich. Erst auf der Deichkrone hielt er keuchend an. Unter ihm erstreckte sich die See, schwarz glitzernd bis zum Horizont. Weißer Schaum tanzte auf den flachen Wellen, die zum Strand schwappten – Spuren des Sturms. Kai ließ das Rad zum Strand hinunterrollen. Als er den Sand unter seinen Reifen spürte, ließ er das Rad einfach fallen.

Er rannte zum Wasser. Die kalte Seeluft brannte in seinen Lungen. Die Wellen rollten vor seinen Füßen gegen das Land. Eine nach der anderen.

Kai ballte beide Fäuste.

»Ich hasse dich!« schrie er dem Meer entgegen. »Ich hasse dich! Du hast ihn umgebracht, du widerliches schwarzes, stinkendes Wasser!«

Kai konnte keine Worte mehr hervorbringen. Er schrie seinen Schmerz hinaus gegen die See, wild und wütend, so lange, bis er keine Kraft mehr hatte. Langsam ließ er sich in den Sand sinken. Der Sand war weich und kühl. Kais Wange ruhte auf einem kleinen Sandhügel. Tränen liefen über sein Gesicht.

Nach einer Weile drehte er sich mühsam auf den Rücken. Helle Wolken zogen schnell über den schwarzen Himmel. Hin und wieder blitzten ein paar Sterne zwischen ihnen hervor. Die Ränder einer großen Wolke begannen zu leuchten. Stück für Stück erschien der Mond und warf sanftes Licht auf die dunklen Wellen.

Kai lag ganz still. Deutlich spürte er den kalten Sand unter seinem Körper. Er beobachtete, wie die Wolken sich teilten und den Himmel freigaben. Es war eine kalte und einsame Nacht, doch auf seltsame Weise fühlte er sich getröstet. Kai blieb liegen, bis Feuchtigkeit und Kälte in seine Knochen drangen. Dann nahm er sein Fahrrad und fuhr langsam nach Hause. Mit Thore würde er morgen sprechen.

Thore war nicht daheim, als Kai am nächsten Vormittag bei ihm klingelte. Frau Petersen öffnete die Tür und sah Kai mißtrauisch an. Ihr halblanges Haar war so rot wie Thores. Ein paar Sommersprossen verteilten sich über ihre Nase und die Wangen. Frau Petersen war so alt wie Anna – Mitte Vierzig –, aber sie sah zehn Jahre älter aus.

»Thore ist nicht da«, sagte sie mürrisch. »Tut mir übrigens leid mit deinem Vater.«

Kai nickte.

»Wo ist Thore denn?« fragte er.

»Ist weggefahren. Mit dem Fahrrad.«

»Wann kommt er wieder?«

»Keine Ahnung.« Sie zog ihre geblümte Kittelschürze enger um sich.

»Könnten Sie ihm sagen, daß er mich anrufen soll. Ich muß ihn unbedingt sprechen!«

Ihr Blick wurde abweisend.

»Ich kann's ja ausrichten«, sagte sie undeutlich.

Kai blieb unschlüssig stehen.

»Is noch was?« fragte Frau Petersen.

»Wie geht es Thore denn?«

»Es geht so. Hat sich eine Erkältung geholt bei der Geschichte. Ich wollte ja nie, daß er zur See fährt.«

Sie warf Kai einen feindseligen Blick zu.

Er drehte sich schnell um und ging zu seinem Fahrrad zurück. Wut stieg in ihm auf. Diese Frau war dumm und gemein. Sie wagte es tatsächlich, Vater vorzuwerfen, daß er Thore den Job verschafft hatte. Sie hätte Thore vor die Hunde gehen lassen und einfach dabei zugesehen!

Kai knallte die Gartentür zu und sah sich nicht mehr um, als er die Dorfstraße hinunterfuhr.

Wo könnte Thore sein, überlegte er. Thore hatte nur wenige Freunde in Eysum. Außerdem waren die um diese Zeit alle bei der Arbeit oder in der Schule.

Vielleicht ist er bei Verwandten, dachte Kai. Aber da war nur eine Tante, die Thore nicht besonders leiden konnte. Kai fuhr durchs Dorf, vorbei an der kleinen Backsteinkirche, der Schule, der Tankstelle, dem Dorfkrug.

Plötzlich hielt er an.

Vielleicht ist er im Dorfkrug! dachte er. Thore ist immerhin schon siebzehn. Aber was sollte er um diese Zeit im Dorfkrug machen? Da gingen am Vormittag nur die alten Säufer oder die Arbeitslosen hin. Thores Vater war auch immer da, wenn er keinen Job hatte.

Kai stellte sein Fahrrad vor dem Wirtshaus ab. Er rückte seine Lederjacke zurecht und öffnete die schwere

Holztür. Seine Augen gewöhnten sich nur langsam an das Dämmerlicht in der Wirtsstube. Es roch nach Bratenfett. Kein Mensch schien da zu sein. Kai fühlte sich unbehaglich. Er war noch nie allein im Krug gewesen. Nicht mal der Wirt war zu sehen. Gerade wollte er wieder gehen, als sein Blick auf eine stille Gestalt in der dunkelsten Ecke des Schankraums fiel. Kai sah genauer hin. Es war tatsächlich Thore. Kai hätte ihn beinahe nicht wiedererkannt. Thore hatte sich die Haare wachsen lassen. Sie fielen fast bis auf seine Schultern. Er saß vor einem Bier und hatte beide Hände um das Glas gelegt. Er sah erst auf, als Kai direkt vor ihm stand.

»Hallo, Thore«, sagte Kai leise.

Thore nickte ihm zu. Er trug eine gefütterte Jeansjacke und wirkte irgendwie älter, als Kai ihn in Erinnerung hatte.

»Wie geht's?« fragte Kai verlegen. Er wußte überhaupt nicht mehr, was er fragen wollte.

Thore runzelte seine Stirn.

»Kann ich mich setzen?« Kai wurde immer unsicherer.

»Bitte«, sagte Thore schließlich heiser.

Kai setzte sich Thore gegenüber ganz vorn auf die Stuhlkante. In der Ecke tickte sehr laut eine alte Standuhr. Zischende Geräusche drangen aus der Küche, und der Geruch nach Bratenfett wurde immer stärker.

Thore trank einen vorsichten Schluck aus seinem Bierglas. Er räusperte sich.

»Eigentlich hätte ich zu dir kommen müssen«, sagte er. »Also, ich finde es blöd, wenn ich jetzt sage, daß es mir leid tut mit deinem Vater. Es stimmt auch nicht.«

Thore machte eine Pause und trank noch einen Schluck. »Ich finde es total schrecklich. Ich kann nicht mehr schlafen, seit es passiert ist. Und ich kann es mir auch überhaupt nicht erklären ...« stieß er heftig hervor.

Kais Herz klopfte laut. Jetzt wußte er wieder, was er Thore fragen wollte.

»Wann«, sagte er zögernd, »wann hast du meinen Vater zum letzten Mal gesehen?«

Thore warf ihm einen entsetzten Blick zu, den sich Kai nicht erklären konnte. Erschrocken wich er zurück.

»Ich hab ihn überhaupt nicht mehr gesehen. Er muß in der Funkerkabine gewesen sein, bis zuletzt. Es ging alles so verdammt schnell ...« Thore umfaßte sein Glas, als wollte er sich daran festhalten.

»Ich muß jetzt gehen«, sagte er dann und stand so schnell auf, daß er beinahe seinen Stuhl umgeworfen hätte.

»Wir können ja zusammen zurückfahren«, sagte Kai.

»Ich muß in die andere Richtung«, murmelte Thore und warf ein paar Geldstücke auf den Tisch.

Gemeinsam traten sie auf die Straße, blinzelten im Sonnenlicht.

»Also, dann tschüs, mach's gut, Kai«, sagte Thore und schwang sich auf sein Fahrrad.

Kai sah ihm nach.

Er fährt nirgendwohin, dachte er. Er will bloß nicht mit mir reden. Da stimmt was nicht. Er sah wieder Thores entsetzten Blick vor sich.

Ich werde es rauskriegen, dachte er. Und wenn ich Thore Tag und Nacht verfolgen muß. Vater ist nicht einfach so ertrunken. Vater war ein erfahrener Seemann! Kais Fäuste ballten sich, ohne daß es ihm bewußt wurde.

In den folgenden Tagen versuchte Kai immer wieder, Thore zu treffen, doch es gelang ihm nicht. Außerdem mußte er sich um Anna kümmern. Und das war nicht leicht. Sie hatte sich einen ganzen Tag in ihrem Zimmer eingeschlossen. Auch Tante Kirsten konnte sie nicht dazu bewegen, die Tür aufzumachen. Als Mutter endlich wieder herauskam, hatte sie tiefe Ringe unter den Augen und war sehr blaß. Der Pastor war gekommen und hatte mit Anna allein in der Küche gesprochen. Und dann war da dieser furchtbare Trauergottesdienst gewesen. Sie konnten Vater ja nicht beerdigen. Es gab keinen Toten und deshalb auch keine Beerdigung, nur eine Trauerfeier in der Kirche. Das ganze Dorf war dabeigewesen. Kai konnte sich nicht mehr genau an die Worte des Pastors erinnern. Er hatte irgend etwas von einem der vielen Seeleute geredet, die dieses Dorf auf dem Meer lassen mußte. Und davon, daß das Leben weitergeht – für die Toten in einer anderen Welt und für die Lebenden auf der Erde. Und daß Tote und Lebende nicht wirklich getrennt wären. Aber Kai fühlte sich entsetzlich getrennt von seinem Vater. Er wollte mit ihm reden, sein Lachen hören, mit ihm zum Strand gehen, mit ihm schnitzen. Vater hatte am Strand seltsam geformte Hölzer gesammelt und Figuren daraus geschnitzt: Seeschlangen, Vögel, Phantasietiere und manchmal auch Menschen. Kai hatte ihm dabei geholfen.

Die Trauerfeier hatte Kai Übelkeit verursacht. Anna war ganz still gewesen, hatte nicht einmal geweint. Als sie die Kirche verließen, stand Thore hinter einer Säule. Kai wollte zu ihm gehen, doch da war der Freund schon wieder verschwunden.

Ich werde ihn erwischen, dachte Kai verzweifelt.

Die Schule war inzwischen auch zu Ende. Kais Klassenlehrer hatte das Zeugnis vorbeigebracht. Die Ereignisse der letzten Woche drehten sich immer wieder in Kais Kopf wie ein undurchschaubarer Wirbel. Er wußte nicht, was er machen sollte. Die Ferien lagen vor ihm wie eine grauenvolle Wüste. Mutter war noch immer ganz erstarrt. Es war auf einmal schwierig, mit ihr in einem Haus zu leben. Kai konnte nicht mehr normal mit ihr umgehen, wenn sie so blaß und still war. Manchmal hörte er sie weinen. Aber wenn er dann in die Küche oder ins Wohnzimmer kam, tat sie, als hätte sie nicht geweint. Es wäre viel leichter gewesen, wenn sie endlich einmal mit ihm zusammen geweint hätte.

Kai weinte auch allein in seinem Zimmer oder draußen auf den Feldern. In der Zeitung standen jede Menge Artikel über den Untergang der »Martha«. Erst jetzt wurde es Kai wirklich klar, daß sein Vater auf einem Frachter gearbeitet hatte, der hochgiftigen Sondermüll transportierte. Batterieschredder bestand aus zerkleinerten Batterien aller Art. Er sollte in Spanien weiterverarbeitet werden, doch aus irgendeinem Grund hatten die Spanier die Ladung nicht abgenommen. Jedenfalls war die »Martha« mit ihrer Fracht wieder nach Deutschland zurückgefahren. Und dann war sie untergegangen. Von einem »mysteriösen Untergang« schrieb eine Zeitung. Kai machte das alles fast verrückt. Und Thore ließ sich von seinen Eltern verleugnen, wich ihm aus, wenn er ihm auf der Straße begegnete.

Doch Kai gab nicht auf. Er begann Thore zu beobachten, besuchte immer häufiger Tante Kirsten und Onkel Fred. Ihr Haus lag genau neben Petersens. Tante Kirsten wunderte sich zwar über Kais Besuche, führte sie aber auf den Tod seines Vaters zurück und fragte nicht weiter. Kai saß stets am Fenster und schaute hinaus. Er redete nicht viel, las manchmal in der Zeitung.

Thore schien nie aus dem Haus zu gehen. Erst am dritten Tag hatte Kai Glück. Thore trat aus der Tür und sah sich nach allen Seiten um. Dann nahm er sein Fahrrad und fuhr die Dorfstaße hinunter.

Kai sprang auf.

»Tschüs!« rief er und rannte hinaus.

Seine Tante kam gerade aus dem Keller. Sie starrte ihm nach.

Hoffentlich wird das nichts Ernstes, dachte sie besorgt.

Draußen schnappte sich Kai sein Fahrrad und folgte Thore vorsichtig. Doch der sah sich nicht um. Er fuhr durchs Dorf und dann hinaus auf die Felder Richtung Deich. Kai hatte hier keine Deckung und mußte zurückbleiben, bis Thore hinter der Deichkrone verschwunden war. Es war ein sonniger Frühsommertag. Die Salzwiesen waren von dichten Teppichen blühender Grasnelken bedeckt. Einige Schafe sprangen erschrocken auf, als Kai an ihnen vorbeiraste. Sie blökten und sahen ihm nach. Die Lämmer wedelten mit den Schwänzen und begannen bei ihren Müttern zu saugen.

Kai erreichte den Deich. Er ließ sein Rad liegen und ging zu Fuß weiter. Kurz vor der Deichkrone ließ er sich auf den Bauch fallen und robbte weiter. Vorsichtig streckte er seinen Kopf über den Deichrand. Da unten war Thore. Er hatte sein Fahrrad ebenfalls abgestellt und ging am Strand entlang. Kai richtete sich auf und folgte ihm. Thore bemerkte ihn nicht. Mit gesenktem Kopf lief er über den Sand.

Kai ging schneller. Der Sand verschluckte seine Schritte. Thore wurde erst aufmerksam, als Kai ihn schon fast erreicht hatte. Er drehte sich um und sah ihm entgegen.

»Was willst du denn dauernd von mir?« rief er ihm wütend entgegen. »Hau ab! Laß mich in Ruhe!«

Kai blieb stehen. Nur noch drei Meter trennten ihn von Thore.

»Ich will, daß du mir die Wahrheit sagst!« Auch Kais Stimme klang laut und zornig.

»Da gibt es keine Wahrheit! Kannst du das nicht endlich begreifen? Ich will dich nicht sehen, das ist alles!«

Die beiden Jungen standen leicht vorgebeugt, als erwarte jeder den Angriff des andern.

»Du warst mal mein Freund!« schrie Kai. »Aber jetzt behandelst du mich wie Dreck. Ich kenne dich ziemlich gut, und ich weiß, daß da etwas nicht stimmt. Alles, was du sagst, stinkt, und du weißt es genau!«

Thore ballte seine Fäuste und machte einen Schritt nach vorn.

»Paß auf, was du sagst«, stieß er hervor. »Ich habe an Bord ein bißchen Karate gelernt!«

Drohend baute er sich vor Kai auf. Kai starrte den Freund ungläubig an. Thore war größer und breiter als er selbst, und sein Gesicht hatte einen gefährlichen Ausdruck.

Kai atmete tief ein.

»Du Idiot!« schrie er und stürzte sich auf Thore. Er packte ihn am Aufschlag seiner Jacke und schlug erbittert auf ihn ein. Thore stellte ihm ein Bein. Kai stürzte, doch er riß Thore mit zu Boden und landete dabei einen Schlag in dessen Gesicht. Thore fluchte und drückte Kais Gesicht in den Sand. Sand war plötzlich überall: in Kais Augen, seiner Nase, seinem Mund. Mit einer wilden Anstrengung schüttelte er Thore ab. Sie knieten keuchend am Boden und starrten sich an. Aus Thores Nase lief ein roter Strom.

»Hör auf!« stöhnte Thore.

»Nein!« keuchte Kai und stürzte sich erneut auf ihn.

Thore wehrte sich nicht, sondern ließ sich fallen und schlug mit den Fäusten auf den Sand ein.

»Hör endlich auf! Ich will dich nicht schlagen!« schrie er.

Kai ließ von ihm ab. Rote Tropfen fielen aus Thores Nase in den Sand. Aber da waren noch andere Tropfen. Kai starrte erschrocken auf den Freund. Thore weinte. Kai streifte den Sand von seinen Händen und zog ein Taschentuch aus seiner Jacke. Vorsichtig hielt er es Thore hin. Der nahm es und preßte es gegen seine Nase.

Kai beobachtete den Freund mißtrauisch und verwirrt. Noch nie hatte er Thore weinen sehen. Es machte ihn verlegen. Thore weinte bestimmt nicht wegen des Schlags auf die Nase.

»Was hast du denn?« fragte er schließlich leise.

Thore schluchzte auf und schlug wieder auf den Sand ein.

»Es war so furchtbar«, stieß er hervor. »Das sind richtige Verbrecher, und dein Vater mußte dafür bezahlen!«

Kai versuchte, den Sand von Thores Jacke zu klopfen.

»Komm«, sagte Thore plötzlich. »Laß uns raus auf die Sandbank gehen. Ich werde dir erzählen, was ich gesehen habe.«

Schweigend liefen sie nebeneinanderher. Der Wind kühlte ihre heißen Gesichter. Dicke weiße Möwen flogen vor ihnen auf, blieben eine Weile in der Luft stehen, um sich plötzlich wieder nach unten zu stürzen. Kai drängte Thore nicht länger, obwohl er eine unerträgliche Spannung in seinem Körper spürte.

Thore hielt als erster auf der Sandbank an. Die Ebbe hatte das Meer hinausgezogen. Es glitzerte weit draußen am Horizont. Auf der Sandbank lagen noch Reste der seltsamen Bauten herum, die jedes Jahr von Touristen aus angeschwemmten Holzstücken zusammengebastelt wurden. Thore setzte sich auf einen ausgebleichten Baumstamm, und Kai holte sich eine Kiste. Sie schauten zu dem schmalen Streifen hinaus, der von der See zurückgeblieben war.

»Das Meer war's nicht«, sagte Thore unvermittelt.

»Was?« fragte Kai.

»Das Meer hat deinen Vater nicht umgebracht.«

Er sah Kai nicht an, sondern starrte weiter in die Ferne.

»Der Sturm war eigentlich schon vorüber. Die ›Martha‹ hatte ihn prima durchgestanden. Ich ging runter in die Mannschaftskabinen, weil ich irgendwas holen wollte. Da hab ich so ein komisches Gluckern gehört. Es kam aus dem Maschinenraum. Ich bin dem Geräusch nachgegangen. Und da war plötzlich überall Wasser. Es stand schon knietief!« Thore schluckte schwer und hob eine Handvoll Sand auf.

»Im Maschinenraum war auch der Kapitän. Er ist richtig erschrocken, als er mich sah. Hinter ihm sah ich eine offene Flutklappe. Verstehst du, Kai!« Thore schleuderte den Sand heftig auf den Boden. »Das war kein Leck, sondern eine offene Flutklappe – oder vielleicht sogar mehrere offene Flutklappen!«

Er sah den Freund kurz an.

»Der Kapitän hat mich an der Schulter gepackt und aus dem Maschinenraum rausgeschoben. ›Mach, daß du nach oben kommst! Wir haben ein Leck! Der Kahn wird wahrscheinlich absaufen. Wir müssen so schnell wie möglich runter!‹ So hat er mich angeschrien.«

Kai saß wie betäubt auf seiner Kiste.

»Was heißt das, Thore?« fragte er langsam.

»Das heißt, daß die ›Martha‹ versenkt wurde. Absichtlich. Ich weiß nicht, ob der Kapitän die Klappen selbst aufgemacht hat. Jedenfalls habe ich ihn da unten gesehen.« Thore fuhr sich mit beiden Händen durch das dichte Haar. An seiner Nase klebte noch etwas verkrustetes Blut.

»Und mein Vater?« fragte Kai atemlos. »Wo war mein Vater?«

Thore senkte den Kopf.

»Ich habe ihn nur noch ganz kurz gesehen, als Alarm gegeben wurde. Er war in der Funkerkabine und sendete wahrscheinlich SOS. Ich bin zu ihm hinein. Aber er warf mich sofort wieder raus. ›Schau, daß du so schnell wie möglich eine Rettungsinsel erwischst‹, sagte er. Und dann...«, Thore sprang auf, »... dann hat er mich so komisch angesehen. Mir wird noch ganz schlecht, wenn ich dran denke. Er hat ausgesehen, als wüßte er, daß er selbst nicht mehr runterkommt!«

Kai sprang ebenfalls auf. Er faßte Thore an der Schulter.

»Und dann?« fragte er heiser.

Thore schüttelte den Kopf.

»Dann ging alles ganz schnell. Die anderen rannten mit mir zu den Rettungsinseln. In ein paar Minuten waren wir alle von Bord, und das Schiff kippte weg.«

»Wann ist der Kapitän von Bord gegangen?« fragte Kai. »War er der letzte?«

»Ich weiß es nicht. Jedenfalls war er in meiner Rettungsinsel. Und wir waren ziemlich die ersten, die im Wasser landeten.« Thore stieß mit seiner Schuhspitze in den Sand. »Dann wurden wir aufgefischt. Es hat allerdings zwei Stunden gedauert, ehe sie uns fanden. Und dann ist da noch was passiert ...«

Thore atmete schwer und preßte die Lippen zusammen. Plötzlich wandte er sich zu Kai um. Sein Gesicht war wieder so wild und gefährlich wie bei der Schlägerei.

»Kann ich dir trauen, Kai?« fragte er verzweifelt. »Ich muß es dir einfach erzählen. Ich halte es nicht mehr aus. Seit ich zu Hause bin, kann ich nicht mehr schlafen.« Er schüttelte Kai. »Ich habe Angst, verstehst du!«

Kai verstand überhaupt nichts.

»Du weißt, daß du mir vertrauen kannst«, sagte er leise. Er fühlte sich elend. Irgendwer hat Vater umgebracht! Dieser Gedanke setzte sich plötzlich in seinem Kopf fest. Thore starrte ihn noch immer an.

»Du sagst keinem Menschen etwas, ist das klar?«

Kai nickte abwesend. Stockend begann Thore zu sprechen.

»Als wir auf dem Seenotrettungskreuzer waren, kam der Kapitän zu mir. Erst fragte er, wie es mir ginge. Er sei so froh, daß mir nichts passiert sei, ich sei schließlich der Jüngste. Und er wolle auch nicht, daß mir in Zukunft etwas passiere. Ich hab überhaupt nichts kapiert. Aber dann hat er mich so komisch angesehen. Plötzlich hat er mich an meinen Vater erinnert, wenn der zu prügeln anfängt. Er hat meinen Arm ganz fest gepackt. Es hat richtig weh getan. ›Du hast nichts gesehen im Maschinenraum!‹ hat er gesagt. ›Wenn du auch nur einem Menschen davon erzählst, kann das sehr gefährlich für dich werden, lebensgefährlich!‹ Dann kam einer von der Besatzung des Kreuzers, und dieser Scheißtyp lächelte mich an und schwallte, es sei eine Freude, daß unser Schiffsjunge heil und ganz ist!« Thore spuckte verächtlich aus.

»Er hat dich tatsächlich bedroht?« fragte Kai atemlos.

Thore nickte.

»Dieses Schwein«, keuchte Kai. »Ich hab den Kerl vom ersten Augenblick an nicht leiden können. Er kam zu uns und hat herumsalbadert, ekelhaft!«

»Für mich steht fest, daß die ›Martha‹ jedenfalls versenkt wurde. Die haben das prima eingefädelt. Heftiger Sturm und ganz normale Havarie. Es sind ein paar Schiffe in Seenot geraten in dieser Nacht.«

»Und Vater?« fragte Kai wieder.

»Ich weiß nicht«, antwortete Thore leise. »Kann sein, daß er nicht mehr rechtzeitig aus der Funkerkabine rauskam. Vielleicht klemmte die Tür, als das Schiff seitlich wegsackte.«

Kai schauderte.

»Vielleicht aber ...« Thore zögerte.

»Ja?«

»Ich weiß nicht. Ich glaube es auch nicht so recht. Doch vielleicht hat dein Vater etwas gewußt, und sie haben ihn ...« Thore sprach das letzte Wort nicht aus.

»Umgebracht, meinst du!« sagte Kai laut.

»Nein! Quatsch! War nur so ein Gedanke von mir. Ein Schiff versenken ist etwas anderes als jemanden umbringen.«

»Nein!« widersprach Kai. »Es ist nichts anderes, denn wenn du ein Schiff mit fünfzehn Mann an Bord versenkst, dann können auch ein paar von denen draufgehen.«

»Das würden sie dann Pech nennen«, antwortete Thore bitter. »Umbringen bedeutet aber, daß sie es mit Absicht tun.«

Kai starrte Thore an.

»Aber kapierst du denn überhaupt nicht, daß der Kapitän dir mit Mord gedroht hat? Er hat doch gesagt, daß es für dich lebensgefährlich werden könnte, wenn du etwas sagst!«

Thore schüttelte den Kopf.

»Das war eine Drohung«, sagte er. »Eine Drohung ist etwas anderes als ein Mord. Ich glaube, daß es ein Unfall war.«

Kai war total durcheinander. Er hielt die Vorstellung nicht aus, daß sein Vater hilflos in der Funkerkabine eingeklemmt gewesen sein könnte.

»Und keiner hat ihm geholfen!« schrie er plötzlich. »Alle haben nur an ihre eigene Haut gedacht. Keiner hat nachgesehen, ob er vielleicht noch in der Kabine steckt!«

Thore biß sich auf die Unterlippe.

»Ich hatte solche Angst«, sagte er. »Ich hab an nichts mehr gedacht. Du weißt nicht, wie es ist, wenn so ein Schiff plötzlich wegkippt. Das geht so schnell. Du willst nur noch runter.«

»Ich habe nicht dich gemeint, sondern all die anderen. Den Kapitän, die Offiziere und die Matrosen!«

Sie gingen langsam am Spülsaum entlang. Muscheln knackten unter ihren Füßen.

»Und was machen wir jetzt?« fragte Thore nach einer Weile.

»Zur Polizei gehen!« antwortete Kai bestimmt.

»Aber ich kann nicht zur Polizei gehen. Der bringt mich vielleicht wirklich um. Und außerdem, wenn wir zu Heinrichsen, dem Dorfpolizisten, gehen, dann erklärt der uns für verrückt. So gut kenne ich Heinrichsen. Der hat mir auch nie geholfen, wenn mein Alter mich grün und blau geschlagen hat. Das ist ›Privatsache‹ hat er gesagt, als ich mal zu ihm gegangen bin. Der einzige, der mir immer geholfen hat, war dein Vater.«

»Ich weiß«, sagte Kai. »Manchmal war ich richtig eifersüchtig auf dich.«

»So ein Quatsch.« Thore tippte sich an die Stirn. »Dazu hattest du wirklich keinen Grund.«

Kai zuckte die Achseln.

»Also, was machen wir jetzt?« fragte er.

»Nichts«, sagte Thore. »Wir warten, bis die selber draufkommen. Irgendwer wird doch so intelligent sein und auf die Idee kommen, daß die den ganzen Dreck auf der ›Martha‹ einfach versenkt haben.«

»Nein!« Kai blieb stehen. »Darauf werde ich mich nicht verlassen. Wir müssen einen Weg finden, jemanden aufmerksam zu machen, ohne dich mit reinzuziehen.«

Wieder gingen sie eine Weile schweigend am Strand entlang.

»Ich hab's«, sagte Kai. »Wir könnten einen anonymen Brief an die Wasserschutzpolizei in Emden schreiben.«

Thore schüttelte den Kopf.

»Und außerdem noch mit dem Poststempel von Eysum. Dann wissen die doch sofort, wo der Brief herkommt.«

Er runzelte die Stirn.

»Die Idee mit dem anonymen Brief ist gar nicht so schlecht. Aber wir müssen ihn in Emden einwerfen und nicht an die Polizei schicken, sondern an eine Zeitung oder so was.«

Kai überlegte fieberhaft.

»Nein«, sagte er dann. »Überhaupt nicht an die Polizei. Du hast recht. Wir schicken den Brief an Greenpeace in Hamburg.«

Am nächsten Tag besuchte Thore Kai zu Hause. Es fiel ihm schwer, das kleine Backsteinhaus zu betreten, in dem Torsten Freese gelebt hatte. Torsten Freese bedeutete Thore so viel wie ein guter Vater. Unbeholfen murmelte er Beileidsworte, als Anna ihn begrüßte.

»Ist schon gut, Junge«, sagte sie. »Ich weiß, daß du meinen Mann gemocht hast.«

Thore blieb verlegen im Flur stehen.

»Kai ist oben in seinem Zimmer. Geh nur rauf. Er wird sich freuen, daß du kommst.«

Kai hatte einen Stapel Zeitungen auf seinem Bett ausgebreitet, als Thore das Zimmer betrat.

»Da bist du ja endlich«, sagte er. »Wir müssen den Text unseres Briefes aus der Zeitung ausschneiden. Das ist gar nicht so einfach.«

»Wie soll denn der Text heißen?« fragte Thore und kratzte sich am Kopf.

»Das müssen wir uns genau überlegen. Ich hab schon was aufgeschrieben. Soll ich es dir vorlesen?«

Thore nickte. Kai stellte sich vor ihn hin und begann: »Die ›Martha‹ wurde versenkt. Es war kein Unfall. Die Sache muß aufgeklärt werden. Vielleicht war es sogar Mord!«

Thore kratzte sich noch mal am Kopf.

»Klingt ganz gut«, sagte er langsam. »Meinst du, das reicht?«

»Klar!« meinte Kai. »Mehr darf nicht drinstehen. Es muß die Leute neugierig machen.«

»Aber da fehlt doch, wo die ›Martha‹ untergegangen ist und was sie geladen hatte. Wenigstens die Reederei müssen wir doch nennen. Sonst wissen die doch gar nicht, worum es eigentlich geht.«

Kai schaute zweifelnd.

»Die Reederei können wir vielleicht nennen, aber mehr nicht. Die kommen schon selber drauf. Sind ja nicht blöd bei Greenpeace.«

»Okay«, sagte Thore. »Aber die passenden Wörter finden wir garantiert nicht in der Zeitung. Da suchen wir ewig. Hast du nicht eine Schreibmaschine?«

»Doch, irgendwo muß noch so ein altes Ding rumstehen.«

Kai ging zur Tür, doch dann drehte er sich wieder um. »Ist das nicht zu gefährlich? Die Polizei kann doch ganz genau rausfinden, auf welcher Schreibmaschine geschrieben wurde.«

»Stimmt«, meinte Thore nervös. »Dann bleibt uns nichts anderes übrig, als es selbst zu schreiben. Abwechselnd jeder einen Buchstaben. In Druckschrift. Das müßte gehen!«

Die beiden Jungen arbeiteten drei Stunden lang an der endgültigen Fassung ihres anonymen Briefs. Endlich waren sie zufrieden. Auch die Anschrift von Greenpeace schrieben sie abwechselnd Buchstabe für Buchstabe. Endlich schoben sie den Brief in den Umschlag.

»Wer bringt ihn zur Post?« fragte Kai.

»Ich muß sowieso nach Emden«, antwortete Thore. »Die Reederei will mit mir über einen anderen Job auf einem neuen Schiff reden. Hoffentlich krieg ich auch einen anderen Kapitän!«

Er grinste ein wenig schief.

Philip Sternberg kam gerade aus einer der unzähligen Besprechungen, die er so haßte, als sein Faxgerät zu arbeiten begann.

»Ich möchte jetzt nicht angesprochen werden«, sagte er zu dem Apparat und trat ans Fenster seines Büros. Der Apparat ließ sich nicht von seinen Worten beeindrucken, sondern arbeitete einfach weiter. Er spuckte zwei Blätter aus und verstummte dann wieder. Sternberg schaute mißtrauisch zu den beiden bedruckten Seiten hinüber.

»Na ja«, seufzte er dann. »Ich bin ein neugieriger Mensch. Also, was gibt's denn?«

Kommissar Sternberg sprach stets mit seinen automatischen Helfern. Er glaubte, sie besäßen ein Eigenleben, das man pflegen mußte. Vorsichtig nahm er die beiden Blätter auf. Es war ein Fax von Greenpeace. Vor vielen Jahren hatte Sternberg einmal für die Umweltorganisation gearbeitet. Er lächelte vor sich hin und begann mit Interesse den Text zu lesen. Da stand etwas von einem anonymen Schreiben, das bei Greenpeace eingegangen sei. Nähere Informationen lägen bereits seiner Kollegin Carla Baran vor. Blatt 2 enthalte den anonymen Brief. Sternberg nahm das zweite Blatt in die Hand. Da stand in ungelenken Buchstaben:

Das Schiff Martha der Seahawk-Reederei
ist versenkt worden. Es war kein Unfall.
Vielleicht war es sogar Mord.

»Martha«, dachte Sternberg. Das ist doch der Frachter, der vor zehn Tagen in der Nordsee untergegangen ist. Der Frachter, der Batterieschredder geladen hatte.

Es war genau die Geschichte, mit der Sternberg sich nicht befassen wollte.

Er las den ersten Brief noch mal durch. »Nähere Informationen liegen bereits Ihrer Kollegin Carla Baran vor!« Carla hatte also wieder einmal auf eigene Faust nachgeforscht. Sternberg kratzte heftig seinen Schnurrbart. Manchmal war Carla wirklich sehr eigensinnig.

Er stand auf und rückte sein Jeansjackett zurecht. Der Kommissar war groß und schlank. Sein dunkelblondes Haar trug er etwas länger, als bei der Polizei im allgemeinen üblich war. Bei den Kollegen galt er als gut aussehend. Sein einziger Makel waren immer wiederkehrende Rückenschmerzen, weshalb er an manchen Tagen leicht gebückt ging.

Sternberg räkelte sich und las noch einmal das anonyme Schreiben.

Sie kommen doch nicht mehr durch mit ihren Schweinereien, dachte er befriedigt. Es gibt immer mehr Menschen, die das nicht mitmachen.

Er verließ sein Büro und klopfte an Carlas Tür.

»Ja!« rief sie von drinnen.

Sternberg stieß die Tür auf und schwenkte die Blätter.

»Vielleicht darfst du doch an die Nordsee fahren!« rief er. »Der Fall kommt hartnäckig auf uns zu, obwohl wir versucht haben, ihn zu ignorieren.«

Carla lächelte ihm entgegen und hielt ebenfalls zwei Blätter hoch.

»Ich weiß«, antwortete sie. »Ich habe das Fax soeben bekommen.«

»Du auch?« fragte Sternberg scheinheilig.

»Ja, ich auch!«

»Ich entnehme dem Schreiben, daß du bereits über Informationen verfügst. Wie darf ich das verstehen?«

»Na, ganz einfach. Ich habe diesen Fall sozusagen angelockt, weil er mich interessiert. Er fällt genau in unseren Bereich. Europäisches Umweltdezernat. Er ist grenzüberschreitend, sozusagen international. Also, was willst du mehr?«

Sternberg schaute ein bißchen unglücklich.

»Carla, unser lieber Vorgesetzter Burger sitzt uns heftig im Nacken, endlich die Sache mit dem deutschen Giftmüll in der Ukraine in Angriff zu nehmen. Er ist schon richtig sauer, weil bisher so wenig passiert ist. Da können wir nicht einfach einen anderen Fall vorziehen.«

Carla breitete ihre Arme aus und schüttelte ihre braunen Locken.

»Ich habe keine Lust, in die Ukraine zu fliegen«, sagte sie. »Dieser Fall ist total langweilig, das können auch andere übernehmen. Wir sind schließlich nicht die einzigen Leute, die in diesem Dezernat arbeiten.«

»Nein, das sind wir nicht, aber Burger hat uns zufällig mit diesem Fall beauftragt.«

Carla sah ihn von der Seite an.

»Stell dir vor, du steigst in eine alte Aeroflot-Maschine ein. Die Sicherheitsgurte lösen sich aus ihren Verankerungen, während du versuchst, dich anzuschnallen. Mühsam hebt sich die Maschine vom Boden. Du bist starr vor Schreck, weißt genau, daß die Wahrscheinlichkeit, abzustürzen größer ist als die Wahrscheinlichkeit, heil anzukommen. Es gibt keinen Whisky an Bord ...«

»Hör auf!« rief Sternberg. »Du solltest dich nicht über meine Flugangst lustig machen. Das ist respektlos und unfair.«

Carla fuhr gnadenlos fort:

»Du kommst heil an, doch im Wald bei Kiew findest du nur angerostete Fässer, die mindestens schon zwanzig

Jahre alt sind. Wie sollst du jemals herausfinden, wer diese Fässer dorthin gebracht hat? Dein Verstand funktioniert sowieso nicht richtig, denn du denkst ununterbrochen an den Rückflug. Diesmal wirst du abstürzen, das ist dir klar. Unfreundliche ukrainische Beamte begleiten dich. Sie bieten dir nicht mal Wodka an, denn der ist längst ausgegangen ...«

Sternberg begann zu lachen.

Carla stand auf.

»Aber mal im Ernst, Philip Sternberg! Ich finde, daß der Untergang der ›Martha‹ sofort untersucht werden muß. Falls tatsächlich ein Mord dahinterstecken sollte, ist die Sache doch so brisant, daß selbst Burger sie schlucken müßte. Die alten Fässer sind auch in zwei Wochen noch da. Niemand hat irgendein Interesse, sie zu verstecken.«

Sternberg seufzte tief.

»Also, was hast du in deinem Schreibtisch versteckt?«

Carla öffnete eine Schublade und nahm einen flachen Ordner heraus.

»Es gibt einen ganz legalen Handel mit schwermetallhaltigem Batterieschredder nach Spanien und Portugal. Ziele sind jeweils zwei kleine Hafenstädte, in denen angeblich Anlagen zur Weiterverarbeitung stehen. Greenpeace hat herausgefunden, daß so eine Anlage in Portugal tatsächlich existiert. In Spanien sind sie sich nicht so sicher. Es gibt in dem Zielhafen zwar so etwas wie eine Fabrik, doch was da eigentlich gemacht wird, das haben sie nicht herausgefunden. Irgendwas scheint da nicht zu stimmen. Falls wir das nicht überprüfen, wollen sie es selbst machen. Und ich finde es sehr peinlich, wenn Greenpeace immer die Skandale aufdeckt, während wir warten.«

Sternberg nickte ergeben, fuhr dann aber mit gespieltem Entsetzen hoch.

»Aber das bedeutet ja, daß ich schon wieder fliegen muß!«

»Ja, aber diesmal in einem hochmodernen Jet mit allem Komfort und hervorragendem Bordservice. Nach Emden kannst du ja mit dem Zug fahren.«

»Und wer bringt es Burger bei?« fragte Sternberg.

»Du natürlich«, grinste Carla.

Sternberg verzog schmerzlich sein Gesicht.

»Welchen Poststempel trug eigentlich der anonyme Brief an Greenpeace?« fragte er.

»Den von Emden«, antwortete Carla.

»Woher weißt du das?«

»Ich habe bei Greenpeace angerufen, ehe du in mein Büro gekommen bist.«

Es regnete, als Sternberg und Carla zwei Tage später in Emden den Zug verließen.

»Warum regnet es eigentlich immer, wenn ich an die Nordsee fahre?« fragte Sternberg mißmutig.

Er schlug den Kragen seines hellen Mantels hoch. Carla gähnte und schaute sich suchend um. Der Bahnhofsplatz lag verlassen vor ihnen. Unter den dichten grauen Wolken sahen die Backsteinhäuser der kleinen Hafenstadt dunkel und traurig aus. Vor ihnen hüpfte ein nasser Spatz am Rand einer Pfütze herum. Von Zeit zu Zeit schüttelte er heftig sein Gefieder. Zwei Taxis parkten auf der rechten Seite des Bahnhofs.

»Wollten uns nicht die Kollegen von der Wasserschutzpolizei abholen?« fragte Sternberg.

»Doch«, antwortete Carla. Sie trug eine schwarze Lederjacke, enge Jeans und sah verschlafen aus. Ein kalter Windstoß traf sie im Gesicht. Fröstelnd drehte sie sich zur Seite. Sternberg grinste.

»Es war deine Idee, diesen Fall zu bearbeiten, und du hast behauptet, daß du dich auf die Nordsee freust!«

»Es wird schon aufhören zu regnen«, murmelte Carla. »Ich bin im Augenblick vor allem neugierig darauf, ob die Wasserschutzpolizei irgendwelche Hinweise auf eine Versenkung der ›Martha‹ hat. Die Kollegen waren ja äußerst erstaunt, als wir unser Kommen angemeldet haben.«

»Vielleicht lassen sie uns deshalb hier im Regen stehen«, vermutete Sternberg. »Wer freut sich schon, wenn ein anderes Dezernat sich einmischt. Gewöhnlich werden die Vorgesetzten nervös und fürchten sich vor der Blamage, daß sie etwas übersehen haben könnten. Wetten, daß die seit gestern ungeheuer wirbeln!«

In diesem Augenblick fuhr ein grüner Wagen quer über den Bahnhofsplatz, drehte und rollte vor ihnen aus. Auf den letzten Metern fuhr er durch die Pfütze. Der Spatz schwirrte davon, und ein Wasserschwall traf Sternbergs hellen Mantel.

»Das ist aber eine reizende Begrüßung«, rief er dem Kollegen entgegen, der aus dem Wagen stieg.

»War ich das?« fragte der unschuldig und schob verlegen seine Mütze in den Nacken.

»Ja, das waren Sie!« sagte Sternberg grimmig und verbeugte sich leicht. »Philip Sternberg«, stellte er sich vor.

»Carla Baran«, sagte Carla kühl.

»Kommissar Sternberg und Kommissar Baran, nehme ich an«, antwortete der Beamte. Er lüftete seine Mütze ein wenig. »Hauptwachtmeister Henningsen.«

Henningsen hatte dickes blondes Haar und ein rosiges Gesicht. Er war ziemlich jung.

»Wenn Sie soviel Wert auf Titel legen«, antwortete Carla, »dann muß ich Sie korrigieren. Ich bin Kommissarin Baran.«

Henningsen grinste.

»Da sind wir nicht so pingelig«, sagte er.

»Aber ich!« antwortet Carla.

Der Beamte lief rot an.

»Na, jedenfalls bin ich hier, um Sie abzuholen«, stotterte er schließlich.

Er öffnete den Kofferraum des Wagens und lud ihre Reisetaschen ein. Als sie einstiegen, hatte er seine Fassung wiedergefunden.

»Wir wundern uns alle ein bißchen, daß unsere Umweltzentrale die weite Reise von München nach Emden unternimmt, um das Absaufen eines alten Frachters zu überprüfen«, sagte er und lenkte den Wagen schwungvoll über den Bahnhofsplatz.

»Weshalb wundern Sie sich?« fragte Sternberg.

»Na ja«, sagte Henningsen. »In München wird man ja nicht so wahnsinnig viel von Schiffen verstehen. Und für uns sieht die Sache ganz klar nach einer Havarie aus. Sie hätten mal den Sturm erleben sollen, den wir hier vor zehn Tagen hatten. Da passiert schon mal was.«

»Ach, wissen Sie«, sagte Sternberg äußerst freundlich. »Ich kenne mich mit Schiffen eigentlich ganz gut aus. Kaum einer unserer wichtigen Fälle ist bisher ohne die Mitwirkung von mindestens einem Schiff abgelaufen. Außerdem haben sich neue Erkenntnisse ergeben, sonst würden wir euch nicht in die Quere kommen.«

»Was denn für neue Erkenntnisse?« fragte Henningsen verblüfft.

»Das werden wir bei der Besprechung erzählen«, antwortete Sternberg.

Henningsen ließ nicht locker.

»Wie können Sie denn in München neue Erkenntnisse über einen Schiffsuntergang in der Nordsee bekommen? Das macht mich wirklich neugierig.«

Carla räusperte sich.

»Neugier zeichnet einen guten Polizisten aus«, sagte sie. »Und außerdem gehen Informationen manchmal seltsame Wege. So etwas müßte Ihnen doch auch mal untergekommen sein.«

Henningsen bog in eine Seitenstraße ein.

»Ja, ja«, brummte er und warf einen forschenden Blick in den Rückspiegel. Er begegnete Carlas Augen, und die zwinkerten ihm zu. Henningsen wurde wieder rot. Für den Rest der Fahrt zog er es vor zu schweigen.

Die Dienststelle der Wasserschutzpolizei lag direkt am Hafen. Schöne alte Lagerhäuser aus Klinkersteinen säumten das Hafenbecken. Es war ein kleiner, fast gemütlicher Hafen. Nur wenige Schiffe lagen an den Kais.

»Still hier«, sagte Sternberg.

»Hier im Wagen?« fragte Henningsen.

»Ja, hier auch«, lächelte Sternberg. »Aber ich meinte eigentlich den Hafenbetrieb.«

»Wirtschaftsflaute!« erklärte Henningsen. »Emden liegt ziemlich ab vom Schuß. Bei uns ist nicht mehr viel los.«

Der Wagen hielt vor dem Haus der Wasserschutzpolizei. Henningsen öffnete die Tür für Carla, und seine Wangen färbten sich wieder rötlich. Sie nickte ihm lächelnd zu.

Als sie das Dienstgebäude betraten, rief Henningsen laut: »Hier sind die Kollegen aus München!«

Die Köpfe der Beamten wandten sich ihnen fast gleichzeitig zu.

»So, neue Erkenntnisse führen Sie zu uns«, sagte der Dienststellenleiter, als sich alle im Besprechungszimmer versammelt hatten. »Henningsen hat es mir schon erzählt«, fügte er hinzu.

Auf dem langen Holztisch stand eine Platte mit Butterkuchen und eine Kanne Kaffee.

»Dann lassen Sie mal hören! Wir sind alle schon sehr gespannt.«

Die Beamten in ihren Uniformen musterten verstohlen Sternberg, der in seinem Jeansanzug so ganz anders als sie aussah. Sternberg öffnete seine Ledermappe und nahm einen Ordner heraus.

»Um es kurz zu machen: Uns wurde ein anonymer Brief zugespielt. In dem Brief heißt es, daß die ›Martha‹ versenkt wurde und der Funker möglicherweise einem Mord zum Opfer fiel. Das ist eigentlich alles.«

Die Beamten schwiegen.

»Was sagen Sie dazu?« fragte Sternberg nach einigen Sekunden.

Der Dienststellenleiter schaute in die Runde. Er war ein großer, grauhaariger Mann mit hagerem Gesicht. Er war sehr blaß, und seine Augen leuchteten hellblau unter den buschigen vergilbten Brauen hervor. Sein Name war Paulsen.

»Tja«, sagte er schließlich langsam. »Ich habe den Einsatz damals selbst geleitet. In der Nacht fegte ein Orkan über die Nordsee. Als wir die Mannschaft der ›Martha‹ auffischten, da war von dem Schiff nichts mehr zu sehen. Der Kapitän machte ordnungsgemäß Meldung, daß er so was wie Giftmüll geladen hatte. Nur konnten wir da nichts mehr unternehmen. Das Schiff war weg. Alles, was die Mannschaft berichtete, stimmte mit der Annahme überein, daß der Frachter leckgeschlagen war. Für mich hatten die ohnehin Glück, daß sie fast alle rausgekommen sind. Das mit dem Funker ist natürlich bedauerlich. Bisher aber konnte ich keine Verdachtsmomente erkennen.«

Sternberg nickte und schaute dann in die Gesichter der Beamten.

»Ist irgendeinem von Ihnen etwas aufgefallen bei dieser Bergungsaktion?« fragte er.

Einer der Beamten rückte auf seinem Stuhl hin und her.

»Also«, sagte er plötzlich leise. Er verstummte wieder und schob seine Tasse von sich weg. Seine dunklen Haare fielen ihm in die Stirn. Er war Anfang Zwanzig und hatte sehr dunkle Augen, ganz im Gegensatz zu seinen Kollegen. Eigentlich sah er mehr wie ein Italiener als wie ein Ostfriese aus.

»Wollten Sie etwas sagen?« fragte Carla, die neben ihm saß.

Er warf seinem Vorgesetzten einen kurzen Blick zu und seufzte.

»Ich habe es schon meinen Kollegen gesagt. Der Kapitän kam mir irgendwie merkwürdig vor. Das ist natürlich nur ein ganz persönlicher Eindruck. Er fuhr mit mir auf dem Boot, als wir den Funker suchten. Auf mich wirkte er sehr nervös, und ich weiß nicht...« Er lächelte ein wenig hilflos. »Ich hatte das Gefühl, daß er fürchtete, den Funker zu finden.«

Er wandte sich Carla zu.

»Das kann natürlich alles ein Irrtum sein, denn der Mann stand wahrscheinlich noch unter Schock. Es beweist nichts.«

Carla nickte ihm zu.

»Wie heißen Sie«, fragte sie.

»Tommasini«, antwortete er.

Er sah das Erstaunen in ihren Augen.

»Ungewöhnlich für Ostfriesland«, grinste er. »Meine Eltern sind Italiener. Aber ich habe die deutsche Staatsbürgerschaft.«

Carla lächelte.

»Ich bin Halbitalienerin«, sagte sie. »Mein Vater ist Italiener.«

Tommasinis Lächeln wurde breiter.

»Also deine Gefühle in allen Ehren«, unterbrach der Dienststellenleiter. »Doch darauf allein können wir uns nicht verlassen.« Er wandte sich wieder an Sternberg.

»Wo wurde dieser anonyme Brief abgeschickt?«

»In Emden«, antwortete Sternberg. »Es gibt also alle Möglichkeiten. Es kann ein Besatzungsmitglied gewesen sein, ein Angestellter der Reederei, eine Privatperson. Wir müssen es jetzt nur noch herausfinden.«

Die Beamten blickten betreten auf den Butterkuchen.

»Außerdem würde mich noch etwas interessieren«, sagte Carla in das Schweigen. »Haben Sie bereits eine einleuchtende Erklärung dafür, warum der Batterieschredder nicht in Spanien gelöscht wurde?«

»Ja, sicher«, antwortete Paulsen schnell. »Ich habe mich selbst darum gekümmert. Man sagte mir, daß es in Spanien derzeit keine Lagerkapazitäten mehr gäbe und Portugal einen anderen Zulieferer hätte. Klingt doch einleuchtend, oder?«

»Auf den ersten Blick vielleicht«, sagte Carla und nahm sich ein Stück Butterkuchen. Kaum hatte sie es in der Hand, als auch die meisten anderen am Tisch zugriffen. Carla lachte und biß in den knusprigen Kuchen.

»Mhm«, machte sie.

»Wieso auf den ersten Blick?« fragte Paulsen. In seiner Stimme klang leichter Ärger mit.

»Wohin sollte der Batterieschredder denn gebracht werden, falls die ›Martha‹ zurückgekehrt wäre?« fragte Carla mit vollem Mund zurück.

»Ich nehme an, er sollte irgendwo zwischengelagert werden.«

»Und wo?« fragte Carla. Sie hatte inzwischen geschluckt.

»Keine Ahnung«, brummte Paulsen.

Carla nickte und nahm einen Schluck Kaffee. Sternberg wischte sich sorgfältig die Zuckerkrümel des Butterkuchens vom Schnurrbart.

»Ich würde also vorschlagen«, sagte Sternberg schließlich, »daß wir alle Mitglieder der Schiffsbesatzung noch einmal gründlich befragen. Haben Sie eigentlich alle verhört?«

Der Dienststellenleiter runzelte die Stirn.

»Alle bis auf den Schiffsjungen. Der wurde nur ganz kurz befragt, weil er offensichtlich einen schweren Schock erlitten hatte. War ja erst gerade siebzehn. Er hat eigentlich gar nichts ausgesagt.«

»Gut«, nickte Carla, »dann werde ich mit dem Schiffsjungen anfangen. Wie viele Leute fuhren denn auf der ›Martha‹?«

»Zwölf einschließlich des Funkers.«

»Könnten Sie bitte alle elf hier in Ihre Dienststelle vorladen. Das heißt, den Schiffsjungen nicht. Den möchte ich ganz privat besuchen.« Carla nahm ein zweites Stück Kuchen.

»Und die Reederei werden wir uns ebenfalls selbst ansehen«, fügte Sternberg hinzu.

Carla fuhr bereits am Nachmittag des nächsten Tages nach Eysum. Es regnete nicht mehr, als sie den kleinen Dienstwagen über die Landstraßen lenkte. Draußen über dem Meer ballten sich gewaltige Wolkenberge, doch an der Küste schien die Sonne. Große Bauernhäuser mit Reetdächern lagen auf sanften Anhöhen. Die Häuser sahen aus, als hätten sie große Hüte tief ins Gesicht gezogen. Sie schienen vor allem aus Dächern zu bestehen. Die kleinen Baumgruppen drängten sich um die Höfe, als wollten sie sich vor dem ständigen Wind verstecken. Schwarzweißes Vieh graste auf den Weiden.

Carla öffnete das Fenster und atmete die salzige Seeluft ein. Sie freute sich, unterwegs zu sein. Nichts verabscheute sie mehr, als ständige Büroarbeit im Dezernat.

Es waren nur dreißig Kilometer von Emden nach Eysum. Kurz bevor sie den kleinen Ort erreichte, hielt sie an. Sie parkte den Wagen an einem Feldweg, der von dichten Hecken eingefaßt war. Carla liebte die Hecken der nordischen Landschaft. Unzählige Vögel lebten in den Büschen. Es war eine lebendige, knisternde Welt voller Mäuse, Käfer, Raupen.

Carla beschloß, zehn Minuten spazierenzugehen und über das bevorstehende Gespräch mit Thore, dem Schiffsjungen, nachzudenken.

Am Morgen hatten sie bereits mit einigen Mitgliedern der Besatzung gesprochen. Das Ergebnis war nicht besonders aufregend gewesen. Die Männer hatten alle nur von dem plötzlichen Wassereinbruch gesprochen und daß sie die Fracht zurückbringen mußten. Warum, war ihnen angeblich nicht ganz klar.

Carla hatte dann einfach ganz andere Fragen gestellt. Wie war das Verhältnis zwischen Kapitän und Funker?

Wie zwischen Kapitän und Schiffsjungen, Funker und Schiffsjungen? Allmählich war ein unklares Bild entstanden. Kapitän und Funker mochten sich offensichtlich nicht sehr, und das Klima an Bord war nicht besonders gut. Funker und Schiffsjunge waren dagegen nach den Worten der meisten Matrosen gute Freunde. Alle nahmen an, daß der Tod von Torsten Freese den Jungen sehr getroffen hatte.

Den Kapitän und die Offiziere würden sie erst morgen befragen. Carla versuchte sich den Schiffsjungen vorzustellen. In welcher Verfassung mochte er nach dem Schock sein? Er fuhr erst seit einem halben Jahr zur See und hatte schon eine Katastrophe erlebt. Ob er als Absender des anonymen Briefs in Frage kam?

Carla schaute einem winzigen Frosch nach, der vor ihr über den Weg hüpfte. Es hatte überhaupt keinen Sinn, daß sie sich einen Plan zurechtlegte. Sie mußte den Jungen erst kennenlernen. Wahrscheinlich wartete er schon auf sie, vielleicht hatte er sogar Angst.

Sie kehrte zum Wagen zurück und warf einen sehnsüchtigen Blick über die weiten Wiesen. Gern wäre sie noch stundenlang spazierengegangen.

Carla startete widerwillig das Auto und fuhr zum Dorf. Sie fand die Störtebekerstraße auf Anhieb und parkte kurz darauf vor dem Haus der Petersens. Es war ein Backsteinhäuschen wie alle anderen in der Straße. Die Gartentür hing ein wenig schief in den Angeln, und der Garten selbst sah nicht besonders gepflegt aus. Carla schob die Gartentür auf, ging die Stufen zum Haus hinauf und klingelte.

Ein junger Mann mit halblangen roten Haaren öffnete. Er trug ein schwarzes Jeanshemd, schwarze Hosen und Motorradstiefel. Sein Gesicht wirkte fast zart. Er hatte ein paar Sommersprossen auf der Nase. Seine Augenfarbe war dunkelgrün.

Er sieht nett aus, dachte Carla.

»Ich bin Carla Baran vom Umweltdezernat«, stellte sie sich vor. »Ich nehme an, daß Sie Thore Petersen sind.«

Sie streckte ihm ihre Hand entgegen. Thore drückte sie kurz.

»Kommen Sie doch rein«, sagte er leise. »Wir gehen am besten in mein Zimmer. Meine Eltern sind im Wohnzimmer.«

Carla nickte. Durch die halboffene Küchentür sah sie einen kräftigen Mann sitzen, dessen Oberkörper nur mit einem Unterhemd bekleidet war. Thore führte sie rasch vorbei zu seinem Zimmer am Ende des Flurs. Sorgfältig schloß er die Tür.

Carla sah sich um. Es war ein angenehmes Zimmer, und es schien irgendwie nicht zu dem übrigen Haus zu passen. Über dem Bett lag eine bunte Baumwolldecke, helle Regale verkleideten die Wände. Bücher und eine Stereoanlage standen auf den Regalbrettern. Ein Schreibtisch und zwei Stühle waren ansonsten die einzigen Möbelstücke.

»Wollen Sie sich setzen?« fragte Thore höflich.

Als er einen Stuhl für sie heranrückte, sah Carla, daß seine Hände zitterten.

»Soll ich einen Tee machen?« fragte er.

»Nein, lassen Sie nur«, sagte Carla. »Ich möchte mich nur kurz mit Ihnen unterhalten. Ich habe Ihnen ja schon am Telefon gesagt, worum es geht. Es ist noch einiges unklar. Wir haben Hinweise bekommen, daß die ›Martha‹ versenkt wurde. Und da möchte ich Ihre Meinung eben auch hören. Vielleicht ist Ihnen etwas aufgefallen?«

Thore wandte Carla den Rücken zu. Er hatte seine

Hände in die Hosentaschen gesteckt und antwortete nicht.

Carla stand auf und stellte sich neben ihn.

»Ist Ihnen etwas aufgefallen, Thore?« fragte sie nochmals.

»Nein«, antwortete er so leise, daß sie ihn fast nicht verstand.

»Sie sind sehr traurig über Torsten Freeses Tod, nicht wahr?«

Thore nickte.

»Er war ein guter Freund?«

Thore reagierte nicht.

»Falls er tatsächlich ermordet wurde, so möchten Sie doch auch, daß die Schuldigen gefunden werden, oder?« Carla sprach ruhig und eindringlich.

Thore sah sie noch immer nicht an. Er starrte auf den Boden.

»Natürlich möchte ich, daß sie gefunden werden. Aber ich kann wirklich nichts dazu sagen. Torsten Freese war in seiner Funkerkabine, als ich ihn zum letzten Mal sah. Mehr weiß ich nicht.«

»Wollen wir uns nicht setzen?« fragte Carla.

Thore zuckte unwillig die Achseln, doch dann setzte er sich auf einen der Stühle.

»Da sind noch andere Fragen, die ich Ihnen stellen möchte. Haben Sie vielleicht irgendein Gespräch mit angehört, bei dem es um die künftige Lagerung der Fracht ging?«

Thore lachte trocken auf.

»Sie wissen ja jetzt, wo sie gelagert wird!«

»Ja, das weiß ich jetzt«, antwortete Carla geduldig. »Aber hat irgendwer schon mal darüber gesprochen? Es war ja sicher nicht normal, daß Sie alle mit einem vollen

Frachter wieder zurückfahren mußten. Wie lief das denn in Spanien?«

Thore überlegte fieberhaft. Wieviel konnte er sagen, ohne sich selbst in Gefahr zu bringen? Er spürte, daß seine Kopfhaut feucht wurde. Seit Carla bei ihm angerufen hatte, schmerzte sein Magen. Er würde gern sagen, was er wußte, doch die Angst vor dem Kapitän war stärker. Immer wieder verwischte sich in seiner Vorstellung die Gestalt des Kapitäns mit der seines Vaters. Vielleicht würde der Kapitän ihn totprügeln, wie sein Vater es einmal fast getan hätte.

Thore hatte gehofft, daß sie nicht zu ihm kommen würden, um ihn zu verhören. Er wußte, daß diese Hoffnung dumm war. Natürlich würden sie auch zu ihm kommen. Warum hatte er nur mit Kai diesen verdammten Brief geschrieben? Warum hatte er Kai überhaupt etwas erzählt!

»Thore, haben Sie überhaupt gehört, was ich gesagt habe?« Carlas Stimme drang wie durch eine Glaswand zu ihm.

Er schüttelte den Kopf.

»Ich habe gefragt, wie das in Spanien lief, als die Ladung nicht abgenommen wurde.«

Vor Thores Augen erschien wieder der Kapitän. Wutschnaubend war er damals an Bord zurückgekehrt. Thore hatte ihn auf der Kommandobrücke herumbrüllen hören.

»Die weigern sich einfach, unsere Fracht zu löschen! Sie behaupten, die Ladung sei nicht bestellt! Sie hätten das der Seahawk schon vor Wochen mitgeteilt.«

Der Erste Offizier hatte geantwortet: »Wenn wir 'nen Laster hätten, dann könnten wir ihnen den Dreck einfach irgendwo hinkippen. Mit 'nem Schiff geht das leider schlecht.«

Und er erinnerte sich an Torsten Freese, der ihm am

Abend von dem Frachter erzählte, der über ein Jahr lang mit seinem Giftmüll über die Ozeane schipperte, weil niemand das Zeug abnehmen wollte.

»Es ist, als hätte man die Pest an Bord. Früher, da durften Pestschiffe nirgends mehr anlegen. Es wurden Geisterschiffe. Irgendwann waren alle gestorben, und die Schiffe trieben führerlos umher, bis sie auf Grund liefen oder in einem Sturm sanken. Thore, ich denke, wir müssen die Reederei wechseln. Es ist schlimmer, als ich dachte...«

Am nächsten Tag wurden sie von den spanischen Hafenbehörden gezwungen, abzulegen. Sie nahmen Kurs auf die portugiesische Küste. Vielleicht würde die Recyclinganlage dort ihren Dreck abnehmen.

»Und was passierte dann?« fragte Carla.

»Wann?« Thores Gedanken waren weit weg.

»Nachdem die Fracht nicht abgenommen wurde!« Carla wurde allmählich ungeduldig.

»Wir fuhren nach Portugal. Da wollten sie den Schredder auch nicht. Und dann nahmen wir wieder Kurs auf Emden. Wo sollten wir denn sonst hin?«

»Gab es eine Besprechung mit der Mannschaft? Wie sahen die Informationen aus, die Sie alle bekommen haben?«

Thore sah Carla erstaunt an.

»Ich bin Schiffsjunge. Bei Besprechungen bin ich sowieso nicht dabei. Außerdem haben die uns nichts gesagt. Nur, daß wir wieder zurückfahren.«

Carla lehnte sich zurück.

»Thore, ich habe das Gefühl, daß Sie mich ein bißchen für dumm verkaufen. Auf Schiffen wird doch auch geredet. Und Schiffsjungen kriegen normalerweise eine Menge davon mit. Die Mannschaft hat sich doch sicher über diese merkwürdige Geschichte unterhalten.«

Thore dachte an die Unruhe unter der Mannschaft.

»Vielleicht lassen die uns monatelang rumfahren«, hatte der Koch gesagt. »Ich kenne solche Fälle.«

»Hauptsache, die bezahlen uns dafür«, hatte der Maschinist geantwortet. »Für Geld tu ich fast alles.«

»Ja, schon«, antwortete Thore schließlich. »Aber es ging mehr darum, ob die Heuer bezahlt würde und wie lange wir wohl herumfahren müßten.«

»Und Torsten Freese? Was hat er zu dieser Entwicklung gesagt?« fragte Carla.

»Eigentlich nichts. Er meinte nur, daß wir schnellstens die Reederei wechseln müßten und daß ich vorsichtig sein sollte.« Thore bereute diesen Satz sofort wieder.

»Wieso vorsichtig?« fragte Carla schnell. »Was meinte er damit?«

»Er ... ach, ich weiß es nicht!« Thore sprang wieder auf.

»Das ist doch Quatsch!« rief Carla. »Sie wissen genau, was er meinte!«

Thore ballte seine Fäuste.

»Ja! Er meinte, daß die anderen aggressiv werden in so einer Situation. Da waren ein paar dabei, die blitzschnell zuschlagen konnten, wenn ihnen etwas nicht paßte. Es gab immer wieder Schlägereien unter der Mannschaft. Er wollte nicht, daß ich etwas abbekam. Das hat er gemeint.«

Carla schwieg eine Weile.

»Hat er nicht gemeint, daß die ›Martha‹ plötzlich untergehen könnte?« fragte sie dann ruhig.

»Das hat er ganz bestimmt nicht gemeint!« antwortete Thore heftig.

Thore starrte aus dem Fenster. Torsten Freese hatte das sehr wohl gemeint. Als sie bereits vier Tage unterwegs waren, hatte Thore mit Freese in der Funkerkabine gesessen. Er sah ihn noch genau vor sich. Freese mit seinem blonden Bart, der schon ein wenig grau wurde. Seine buschigen, fast weißen Augenbrauen, die an den Enden ein wenig nach oben zeigten. Seine hellbraunen Augen, die von unzähligen lustigen Fältchen eingefaßt waren.

»Thore«, hatte er gesagt. »Thore, ich hab irgendwie ein ungutes Gefühl. Es könnte sein, daß die vorhaben, den Kahn zu versenken. Paß gut auf dich auf. Wenn was passiert, dann sieh zu, daß du so schnell wie möglich in eine Rettungsinsel kommst. Spring ja nicht über Bord. Das Wasser ist zu kalt.«

»Thore«, sagte Carla leise. »Ich werde jetzt gehen. Es ist ziemlich schlimm für Sie gewesen. Das kann ich mir gut vorstellen. Ich möchte Ihnen jetzt nicht länger auf die Nerven fallen. Aber ich werde wiederkommen.«

Thore drehte sich plötzlich zu ihr um. Seine roten Haare flogen.

»Warum wollen Sie wiederkommen?«

Carla lächelte ihm zu.

»Weil Sie eine Menge zu wissen scheinen, aber aus irgendeinem Grund nichts sagen wollen. Vielleicht ändert sich das in der nächsten Zeit. Mein Kollege und ich sind noch etwa zwei Tage in Emden. Dann werden wir vermutlich nach Spanien fliegen. Aber wir kommen sicher zurück!«

Als Carla endlich weg war, blieb Thore noch eine Weile in seinem Zimmer. Was würde geschehen, wenn diese Kommissarin ihn gegen den Kapitän ausspielte? Wenn sie behauptete, daß er etwas gesagt habe?

Voller Entsetzen dachte Thore an die Drohung des Kapitäns. Er mußte unbedingt mit Kai sprechen!

Thore zog seine Lederjacke an und ging leise durch den Flur. Er wollte seinen Vater jetzt nicht sehen. Doch als er an der Küchentür vorbeischlich, hörte er ihn rufen.

»Thore! Was wollte diese Polizistin von dir?«

»Ich erzähl es dir später, ich muß jetzt weg«, antwortete Thore und ging weiter zur Haustür.

Sein Vater stand plötzlich im Flur. Petersen war ein großer, massiger Mann.

»Antworte deinem Vater, wenn er dich etwas fragt!« sagte er drohend.

Thore biß die Zähne zusammen. Er sah, daß der Vater getrunken hatte, er durfte ihn nicht reizen. Widerwillig wandte er sich um.

»Sie hat nach dem Untergang unseres Frachters gefragt. Ganz normale Routinefragen.«

Petersen baute sich vor ihm auf.

»Was für Routinefragen? Wenn ein Schiff untergeht, braucht man hinterher keine Polizei. Hast du was ausgefressen?«

Thore wurde blaß.

»Wie kommst du denn auf so was?« fragte er zornig.

»Wer weiß, was du alles treibst, wenn du wochenlang weg bist. Ich trau dir nicht. Los, rück schon damit raus!« Petersen schwankte leicht.

»Ich habe nichts ausgefressen!«

»Komm mir nicht mit faulen Ausreden!« brüllte Petersen und packte seinen Sohn am Aufschlag der Lederjacke.

Thores Mutter erschien in der Küchentür.

»Laß den Jungen doch in Ruhe«, sagte sie leise.

»Du hältst dich da raus!« schrie Petersen. Er schüttelte Thore. »Wenn du mir jetzt nicht sagst, was du gemacht hast, dann schlag ich dich windelweich!«

Thore fühlte sich plötzlich eiskalt. Er dachte an Torsten Freese, der ihn hier rausgeholt hatte, und atmete tief ein.

»Rühr mich nicht an«, sagte er dann und war selbst verblüfft, daß seine Stimme so ruhig klang. »Rühr mich nie mehr an! Ist das klar? Und verschone mich mit deinem besoffenen Gequatsche!«

Petersens Griff an Thores Jacke wurde fester. Er starrte in das Gesicht seines Sohns.

»Du verdammter Bastard!« schrie er und holte aus.

Der Schlag traf Thore mitten ins Gesicht, warf ihn gegen die Wand. Petersen holte noch mal aus, doch da war ein Ausdruck in Thores Augen, der ihn erschreckte. Er ließ seinen Arm sinken. Thore drehte sich um und ging. Sein Gesicht schmerzte. Draußen lehnte er sich gegen die Hauswand. Seine Knie zitterten. Torsten Freese hatte recht: Er mußte hier raus!

Thore nahm sein Fahrrad und fuhr los. Der Wind kühlte sein Gesicht.

Ich will nie wieder nach Hause, dachte Thore. Da war keine Wut in ihm und auch kein Schmerz. Er fühlte sich wie tot. Er fuhr immer schneller. Da war die Kreuzung. Er bog in den Weg ein, der zu Freeses Haus führte, ließ sein Rad einfach am Zaun stehen und rannte den Gartenpfad hinauf. Die Haustür war offen.

»Kai!« rief er.

»Ja?« Kais Gesicht erschien über der Treppe im ersten Stock.

Thore wankte. Erst jetzt spürte er, daß Blut über sein Gesicht lief.

»Mensch, Thore!« Kai rannte die Treppe herunter. Er packte den Freund am Arm und führte ihn in die Küche.

»Setzt dich erst mal«, sagte er.

Thore ließ sich auf einen Stuhl sinken. Kai brachte ein sauberes Handtuch und eine Schüssel mit Wasser. Vorsichtig wusch er Thores Gesicht ab.

»Du hast eine dicke Platzwunde unterm Auge«, sagte er. »Bist du vom Rad gefallen?«

Thore stöhnte und schüttelte leicht den Kopf.

»Nein«, antwortete er leise. »Das war mein Alter.«

»Dieser Dreckskerl«, murmelte Kai.

»Kann ich heute bei euch übernachten?« fragte Thore nach einer Weile.

»Klar«, sagte Kai. »Mutter hat bestimmt nichts dagegen. Sie muß bald wieder hier sein.«

Kai brachte Desinfektionsmittel und Pflaster.

»Mach das lieber selbst«, meinte er. »Es brennt wahrscheinlich!«

Er hielt einen Spiegel vor Thores Gesicht. Thore betrachtete den Riß über seinem rechten Backenknochen.

»Es ist nicht zu fassen«, flüsterte er. Dann nahm er etwas Watte und betupfte die Wunde mit Desinfektionsmittel. Es brannte wirklich höllisch.

»Kai«, sagte er. »Heute nachmittag war jemand von der Polizei bei mir. Eine Kommissarin. Sie erzählte etwas von einem Umweltdezernat. Die bei Greenpeace haben unseren Brief wahrscheinlich weitergegeben.«

Er klebte das Pflaster über die Wunde.

»Die Frau hat mich ganz schön in die Enge getrieben. Ich hab nichts gesagt, aber sie hat mir nicht geglaubt. Sie meinte, daß ich eine Menge wüßte und daß sie wiederkommen würde.«

»Da hat sie ja auch recht!« antwortete Kai trocken.

»Aber ich habe Angst, verstehst du! Die werden mich umbringen, wenn ich etwas sage.«

Kai brachte Thore ein Glas Wasser.

»Und wenn du den Polizisten sagst, was du weißt? Die können dich doch beschützen. Das machen die mit Zeugen.«

»Aber vielleicht glauben die mir nicht!«

»Warum sollten sie dir nicht glauben?«

Thore legte erschöpft den Kopf auf seine Arme.

»Ich hab doch keine Beweise! Das Schiff ist weg, und der Kapitän wird behaupten, daß er mich nie bedroht hat. Ich bin bloß Schiffsjunge. Die werden denken, daß ich mich wichtig machen will.«

Kai lehnte an der Wand und verschränkte die Arme vor der Brust.

»Glaub ich nicht«, antwortete er bedächtig. »Du hast überhaupt kein Vertrauen, Thore. In niemanden.«

Thore sah erstaunt auf seinen jüngeren Freund. Kai hatte gerade gesprochen wie Torsten Freese.

Philip Sternberg und Carla saßen am nächsten Morgen dem Kapitän der »Martha« gegenüber. Peter Kemper war in seiner Uniform erschienen. Gold glänzte auf seinen Schultern. Er hatte den Untergang seines Schiffes geschildert wie schon viele Male zuvor. Sternberg und Carla hatten zugehört. Allerdings spielte Sternberg dabei ungeduldig mit einem Kugelschreiber, und Carlas Fuß begann immer wieder zu wippen.

»Ich langweile Sie wohl«, sagte Kemper schließlich.

»Ein bißchen«, antwortete Sternberg. »Wir haben die

Geschichte jetzt schon ziemlich oft gehört. Uns interessiert eigentlich etwas anderes.«

»Und was?« fragte Kemper. »Es geht hier schließlich um eine Havarie und einen Toten.«

»Ja, sicher«, meinte Sternberg und begann Kreise auf ein Blatt Papier zu malen. »Aber es war nicht irgendein Frachter, sondern einer, der Giftmüll transportierte. Giftmüll, den offensichtlich niemand haben wollte.«

Er zeichnete ein Schiff zwischen die Kreise.

»Erzählen Sie doch mal, wie die Reaktion der Reederei war, als die Spanier den Batterieschredder nicht abnehmen wollten.«

Kempers Gesicht verfärbte sich rötlich. Er strich über seine kurzen, graublonden Haare.

»Begeistert waren die natürlich nicht«, sagte er. »Schließlich hatten wir einen Liefervertrag. Wir haben regelmäßig Batterieschredder nach Rojo gebracht.«

Sternberg nickte.

»Und dann haben Sie es in Portugal versucht, aber da war ebenfalls Fehlanzeige. Warum?«

»Die hatten einen neuen Lieferanten aus Frankreich. Sie wollten unsere Ladung nicht annehmen, weil sie schon zuviel von dem Zeug hatten.«

»Und dann?« fragte Sternberg.

Der Kapitän setzte sich sehr gerade auf seinem Stuhl.

»Dann nahmen wir Kurs auf Emden.«

»Und wohin sollte der Schredder?« Sternbergs Stimme war sehr sanft. Kemper warf ihm einen wachsamen Blick zu.

»Er sollte zwischengelagert werden, bis sich ein neuer Abnehmer gefunden hätte.«

»Wo sollte er zwischengelagert werden?« fragte Carla.

»Keine Ahnung. Das ist ja schließlich nicht meine Aufgabe. Das ist Sache der Reederei.«

»Mir kommt es ein wenig seltsam vor, daß die ›Martha‹ pünktlich nach dem schweren Sturm gesunken ist und nicht während des Sturms.« Sternberg beugte sich ein wenig vor und betrachtete die goldenen Tressen auf den Schultern des Kapitäns. »Nach dem Sturm war es für die Mannschaft erheblich leichter, von Bord zu kommen. Während des Sturms hätte es dagegen schlecht ausgesehen!«

Der Kapitän fuhr auf.

»Das Leck muß während des Sturms entstanden sein. So schnell läuft ein Schiff nicht voll Wasser. Das dauert eine Weile.«

»Und wieso hat es niemand bemerkt?« fragte Carla.

»Was?«

»Das Leck!«

»Weil niemand unten war. Bei Sturm werden alle an Deck gebraucht.«

»Auch der Maschinist?«

»Auch der! Er war die meiste Zeit auf der Kommandobrücke.«

»Die meiste Zeit?«

»Zwischendurch ist er runtergegangen und hat die Maschinen überprüft. Es war alles in Ordnung.«

»Aber er hätte doch den Wassereinbruch entdecken müssen.« Sternberg malte den Kamin des Schiffs blau an.

Der Kapitän lächelte überlegen.

»Wasser dringt manchmal ganz langsam ein. Das merkt man erst, wenn es schon zu spät ist.«

»Wer hat es denn eigentlich bemerkt?« fragte Carla.

»Aber das sagte ich doch schon. Ich habe es bemerkt! Ich habe meinen Rundgang gemacht, als der Sturm abflaute, um zu kontrollieren, ob auch alles in Ordnung ist. Da habe ich im Maschinenraum das Wasser bemerkt. Aber es kam bereits so schnell, daß wir nichts dagegen machen konnten.«

»Und der Maschinist war nicht unten?« fragte Carla.

»Ich glaube nicht. Ich kann mich nicht genau erinnern. Es ging alles verdammt schnell.«

»Gut, lassen wir das erst einmal«, sagte Sternberg. Er machte eine Pause und malte unterdessen weiter.

»Wie war eigentlich Ihr Verhältnis zum Funker, Torsten Freese?« fragte er dann.

Kapitän Kemper sah erstaunt auf.

»Es war gut, warum?«

»Wirklich?« fragte Carla.

»Freese war ein guter Funker. Wir hatten keine Schwierigkeiten.«

»Einige Besatzungsmitglieder haben aber ausgesagt, daß Ihr Verhältnis zu Freese nicht besonders gut gewesen sei. Es soll hin und wieder Auseinandersetzungen zwischen Ihnen gegeben haben.« Carla wippte wieder mit ihrem Fuß.

Kemper breitete seine Arme aus und lächelte breit.

»Aber hören Sie. Natürlich gab es Auseinandersetzungen zwischen uns. Es gab auch Streit zwischen mir und anderen Besatzungsmitgliedern. Das ist normal an Bord. Wenn eine Gruppe von Männern wochenlang unterwegs ist, dann gibt es immer wieder mal Krach. Da können Sie jeden Kapitän fragen, der zur See fährt.«

»Wie war Freese?« fragte Sternberg schnell.

»Wie meinen Sie das?« Kemper blickte unsicher auf den Kommissar.

»Wie war er als Mensch?«

Kemper kratzte sich am Kopf.

»Wie er war? Tja, schwer zu sagen. Er hat nicht viel geredet. War ein verschlossener Typ. In seiner Freizeit hat er geschnitzt. Ich weiß nicht viel über ihn.«

»Wußten Sie, daß er einen fünfzehnjährigen Sohn hat?« fragte Carla.

»Ja«, antwortete Kemper zerstreut. »Warum fragen Sie das?«

»Der Sohn hat seinen Vater verloren, deshalb«, sagte Carla und stellte ihr rechtes Bein auf den Boden.

»Ja, das ist wirklich schlimm«, meinte Kemper und zog den Kopf zwischen seine goldbetreßten Schultern.

»Das Ergebnis der Verhöre ist ja bisher richtig berauschend«, sagte Sternberg mißmutig, als Kapitän Kemper gegangen war.

»Wenigstens regnet es nicht mehr!« Carla saß auf dem Fensterbrett und schaute auf den Hafen hinaus.

Sternberg seufzte.

»Was machen wir jetzt?«

»Butterkuchen und Krabbenbrote essen«, antwortete Carla.

»Ich esse kein Krabbenbrot!« Sternberg streckte abwehrend die Arme von sich. »Oder findest du Quecksilber und Cadmium besonders lecker?«

»Ach, hab dich nicht so«, sagte Carla. »So schnell breitet sich der Dreck von der ›Martha‹ nicht aus. Sie liegt immerhin achtzig Kilometer vor Emden. Außerdem werden Krabben im Küstenbereich gefangen.«

»Das ist ja noch schlimmer!« meinte Sternberg. »Was glaubst du, welcher Dreck hier überall in die Nordsee fließt. Denk an die Seehunde und die Fische mit den leckeren Geschwüren.«

»Na gut«, lenkte Carla ein. »Dann essen wir eben Butterkuchen, und ich erzähle dir ein bißchen von Thore, dem Schiffsjungen. Gestern abend hatten wir ja keine Zeit dazu, weil der nette Kollege Tommasini uns unbedingt in das italienische Restaurant seiner Eltern einladen mußte.«

»Aber es hat wunderbar geschmeckt!« Sternberg strich über seinen Bauch. »Und es war lustig. Fast wie in Italien. Ich liebe Italien!«

»Du hast zuviel Wein getrunken«, fügte Carla hinzu.

»Der Wein war ausgezeichnet!« antwortete Sternberg beleidigt.

»Hast du Kopfschmerzen?«

Sternberg schüttelte prüfend seinen Kopf.

»Nein«, sagte er. »Ich bin nur heute etwas langsamer als sonst. Deshalb sollten wir jetzt wirklich einen Kaffee trinken gehen.«

Er erhob sich, und Carla folgte ihm.

»Wann haben wir den Termin in der Reederei?« fragte sie.

»In zwei Stunden.«

Sie nickten den Kollegen zu und traten auf die Straße. Ein Frachtschiff fuhr gerade langsam durch den Hafen. Sanfter Wind kräuselte das Wasser. Es roch nach Salz und ein wenig nach Fisch. Ein paar hundert Meter weiter drängten sich Autos und Menschen vor einer weißen Fähre. An der Kaimauer stand ein kleines Mädchen und fütterte die Möwen mit Pommes frites.

»Die Viecher werden auch immer perverser!« Sternberg wies auf eine dicke Möwe, die ein langes, goldgelbes Kartoffelstück verschlang.

Carla lachte. Sie hakte Sternberg unter und zog ihn in eine Seitenstraße, die zum Zentrum der kleinen Stadt führte. Auf der rechten Seite lag eine Bäckerei mit Kaffeestube. Ein Glöckchen klingelte, als sie eintraten.

»Mojn!« sagte die junge Frau hinter der Verkaufstheke.

»Mojn«, antworteten Carla und Sternberg gleichzeitig.

Es roch nach frischem Brot und Butterkuchen. Außer ihnen waren nur zwei alte Damen in der Kaffeestube. An den Fenstern hingen Spitzenvorhänge, und auf den wenigen Tischen standen frische Rosensträußchen.

»Gemütlich hier«, sagte Carla und setzte sich an einen Tisch am Fenster. Die Sonne warf helle Flecken in die dämmerige Stube.

Sie bestellten Kaffee und Butterkuchen. Als die dampfenden Tassen vor ihnen standen, lächelte Sternberg Carla an.

»Es war doch keine schlechte Idee, diesen Fall zu übernehmen. Gestern das köstliche italienische Essen und jetzt frischer Butterkuchen, bedeckt mit goldenen Mandeln.«

»Du entwickelst dich ja langsam zum Lebenskünstler«, antwortete Carla. Sie nippte an ihrem Kaffee.

»Au!« schrie sie auf. »Heiß!«

»Lebenskünstler können warten«, grinste Sternberg. »Aber jetzt erzähl mal von deinem Schiffsjungen.«

»Er ist nett«, antwortete sie langsam. »Er sieht gut aus, hat lange rote Haare und grüne Augen. Und er heißt Thore, wie ein junger Wikinger.«

Sternberg grinste wieder.

»Hast du dich in ihn verliebt?« fragte er.

»Idiot!«

»Also hör mal!«

»Paß auf! Thore hat irgendwie Angst. Er wirkte total angespannt. Hochgezogene Schultern, nervöse Bewegungen, wachsames Gesicht. Er ist meinen Fragen ziemlich geschickt ausgewichen. Aber er ist zu ehrlich, um dabei überzeugend zu wirken. Seine Eltern habe ich nicht gesehen. Das heißt, der Vater saß in der Küche. Ein unangenehmer Typ im Unterhemd. Die Art Mann, die ich besonders schätze.«

Sternberg spielte mit den Fingern in seinem Schnurrbart.

»Und wovor hat er Angst, dein Thore?«

Carla runzelte die Stirn.

»Er ist nicht mein Thore. Laß diesen Quatsch. Der Junge ist siebzehn!«

»Gut, gut.« Sternberg lächelte besänftigend. »Also, wovor fürchtet er sich?«

»Ich weiß es nicht genau. Ich kann nur raten oder aus der ganzen Atmosphäre etwas heraussahnen.« Sie rührte nachdenklich in ihrer Tasse.

»Es könnte der Vater sein«, fuhr sie plötzlich fort, als spräche sie zu sich selbst. »Der Vater sah äußerst brutal aus. Irgendeiner der Seeleute hat erzählt, daß Thore wegen seines prügelnden Vaters zur See gegangen ist.« Sie sah Sternberg ernst an.

»Es könnte aber auch etwas anderes sein. Ich hatte den Eindruck, daß er auf diesem seltsamen Schiff eine Menge gesehen hat. Jedesmal, wenn ich ihn etwas fragte, schien in ihm ein ganzer innerer Film abzulaufen. Ich spüre so etwas, auch wenn du jetzt wieder eine blöde Bemerkung machen wirst.«

Sternberg biß vorsichtig in seinen Butterkuchen. Er antwortete nicht, sondern kaute hingebungsvoll.

»Thore war offensichtlich mit Torsten Freese sehr befreundet. Der Funker hat sich wohl um den Jungen gekümmert. Sein Tod scheint ziemlich schlimm für Thore zu sein. Ich hatte den Eindruck, daß er ständig mit sich kämpfte, ob er nicht doch etwas mehr sagen sollte. Aber da war immer die Angst. Ich habe sie fast körperlich gespürt.«

Sternberg schluckte und räusperte sich.

»Und woher kommt diese Angst? Entschuldige, ich habe das schon einmal gefragt.«

»Vielleicht ist er bedroht worden. Es wäre doch möglich, daß Thore etwas gesehen hat und jemand von der Besatzung ihm drohte.«

»Möglich ist das schon«, murmelte Sternberg. »Meinst du, daß Thore den anonymen Brief geschrieben haben könnte?«

»Es würde zusammenpassen«, meinte Carla. »Wenn er so große Angst hat, dann kann er nicht sprechen. Aber weil er Torsten Freese so gern hatte, kann er auch nicht schweigen. Der anonyme Brief wäre ein Ausweg aus diesem Konflikt.«

Sternberg lehnte sich zurück und strich über den schwarzen Schal, den er über seiner Jeansjacke trug.

»Sollen wir ihn in die Mangel nehmen?« fragte er.

»Nein!« Carla schüttelte heftig den Kopf. »Er hat zuviel Angst, und er ist zu verletzt. Es wäre schrecklich für ihn. Wir müssen warten, bis er selbst kommt. Ich bin sicher, er wird kommen.«

Sternberg betrachtete Carla mit zusammengekniffenen Augen.

»Sag mal«, meinte er schließlich. »Du bist dir schon darüber im klaren, daß du Kommissarin bist? Und daß wir hier sind, um diesen Fall zu lösen, falls es einer ist. Wenn wir einen Verdacht haben, dann müssen wir die

Leute auch befragen. Vielleicht kommt Thore erst in einem halben Jahr. So lange wird unser Dezernat die Spesen nicht bezahlen.«

Carla sah ihn zornig an.

»Es wird nicht so lange dauern. Ich werde Thore wieder befragen, wenn wir aus Spanien zurückkommen!«

»Ist ja gut«, antwortete Sternberg. »Ich habe Thore nicht gesehen. Vermutlich hast du recht. Ich mußte nur meiner berechtigten Eifersucht Ausdruck verleihen.«

Carla schnitt eine Grimasse.

Das Gebäude der Seahawk-Reederei lag an einem Seitenarm des Hafens. Carla hielt den Wagen ein paar hundert Meter vor der Reederei an.

»Was ist?« fragte Sternberg.

»Ich möchte einen Eindruck gewinnen«, antwortete Carla und sah sich um. Der zweistöckige Backsteinbau lag inmitten eines großen Lagerplatzes. Unzählige alte Container stapelten sich hier, Tonnen lagen herum.

»Sieht nicht besonders einladend aus«, meinte Sternberg.

»Ideale Kulisse für einen Krimi!« Carla setzte ihre Sonnenbrille auf. »Aber wahrscheinlich sieht es in Reedereien, die sich auf Müll spezialisiert haben, immer so aus. Dreck bleibt Dreck.«

Am Kai vor der Reederei lag ein Schiff, das gerade mit Paletten voll blauer Tonnen beladen wurde. Sie beobachteten, wie die großen Paletten mit Hilfe eines Krans in die Luft gehoben wurden und dann im Bauch des Schiffes verschwanden.

»Was da wohl drin ist?« fragte Sternberg.

»Irgendein giftiger Abfall, den wir der Dritten Welt als Geschenk anbieten. Wir können ja mal fragen, wohin der Frachter geht. Vielleicht nach Afrika oder Südamerika.« Carla preßte ihre Lippen zusammen. Sie gab Gas und lenkte den Wagen vor den Eingang der Reederei. Dort bremste sie so heftig, daß Sternberg in den Gurt geschleudert wurde.

»He!« rief er. »Was ist los?«

»Ich hab eine richtige Wut im Bauch«, antwortete Carla.

»Keine gute Voraussetzung für ein sachliches Verhör!« Sternberg löste seinen Gurt.

»Tu doch nicht so cool! Dich regt das doch genauso auf. Wir graben ständig an den Rändern der Schweinereien herum. Zwerge gegen Riesen!«

»Tja, so ist das«, sagte Sternberg grimmig. »Aber manchmal sind dann wir die Riesen. Und jetzt versuchen wir mal herauszufinden, welche Rolle wir diesmal spielen sollen.«

Er sprang schwungvoll aus dem Wagen und zuckte schmerzlich zusammen. Sein Rücken machte sich wieder einmal bemerkbar. Vorsichtig richtete er sich auf und atmete tief durch.

Nur ein Warnschuß, dachte er erleichtert. Betont lässig ging er auf den Eingang der Reederei zu.

Carla hatte ihn beobachtet. Sie verkniff sich mühsam ein Lächeln.

Doch nicht so cool, dachte sie und folgte ihm langsam.

Die Eingangshalle der Seahawk-Reederei wirkte leicht angestaubt. Rechts saß in einer hölzernen Kabine ein Wachmann, links standen unter einer großen Palme ein paar altmodische Polstersessel etwas verloren um einen flachen Tisch. Das Parkett glänzte, und es roch ein wenig nach Bohnerwachs.

Sternberg ging zum Wachmann hinüber und fragte nach dem Geschäftsführer.

»Sind Sie angemeldet?« fragte der Mann.

»Ja«, antwortete Sternberg.

»Wen soll ich melden?«

»Kommissar Sternberg, Umweltdezernat.«

Der Wachmann musterte ihn kritisch, griff zum Telefonhörer, zog aber seine Hand wieder zurück.

»Sie sehen nicht aus wie ein Kommissar«, sagte er. »Könnte ich bitte Ihren Ausweis sehen?« Es klang zwar höflich, doch nicht sehr freundlich.

Sternberg nahm den Ausweis aus der Innentasche seiner Jacke.

»Zufrieden?« fragte er.

Der Wachmann griff nach der Karte und studierte sie lange. Ohne das geringste Anzeichen eines Lächelns reichte er sie schließlich wieder zurück.

»Und wer ist das da?« fragte er.

»Das ist Kommissarin Baran. Wollen Sie ihren Ausweis ebenfalls sehen?« Sternberg starrte den Wachmann drohend an. Der schüttelte den Kopf und rieb sich die Nase. Endlich griff er zum Telefon und meldete die beiden Kommissare an. Danach wies er auf die Polstersessel. Doch Sternberg und Carla wollten sich nicht setzen. Der Wachmann ließ sie nicht aus den Augen.

Sternberg betrachtete die gerahmten Plakate an der Wand. Es waren beeindruckende Bilder von Schiffen der Reederei. Carla zog ihn am Ärmel.

»Schau mal«, flüsterte sie.

Ein schnittiger Frachter mit aufschäumender Bugwelle

war auf dem Plakat abgebildet. Deutlich konnten sie den Namen »Martha« erkennen.

»So sah sie also aus«, murmelte Sternberg.

»Ja«, antwortete Carla leise, »aber das war sicher vor zwanzig Jahren, kurz nach dem Stapellauf. Nach Angaben der Mannschaft soll sie ein ziemlicher Rosthaufen gewesen sein.«

Sternberg nickte und schaute zu der breiten Holztreppe hinüber, die mit grünem Filz ausgelegt war. Carla folgte seinem Blick. Zwei Beine erschienen auf der Treppe. Beine, die zu zögern schienen. Doch dann liefen sie entschlossen weiter, und schnell war der ganze Mensch zu sehen. Er hatte eine Halbglatze, trug eine Brille mit Goldrand und war nicht ganz schlank. Er steckte in einem dunkelgrauen Anzug mit Weste, kam mit ausgestreckter Hand auf Sternberg zu, drehte aber kurz vor ihm ab und begrüßte zuerst Carla.

»Sie kommen vom Umweltdezernat, nicht wahr?« sagte der Mann. »Ich heiße Konrad Hartmann und bin Geschäftsführer der Seahawk.«

Heftig schüttelte er Sternbergs Hand.

»Was kann ich für Sie tun?«

Doch ehe Sternberg oder Carla etwas sagen konnten, beantwortete er seine Frage selbst.

»Ich nehme an, Sie kommen aufgrund der Havarie der ›Martha‹. Eine schlimme Geschichte!« Er wiegte seinen Kopf, und seine Glatze glänzte.

»Das sagen alle«, entgegnete Sternberg trocken.

Hartmann warf ihm einen schnellen Blick durch seine funkelnden Brillengläser zu.

»So«, meinte er nach einer kleinen Pause, »meinen das alle. Da haben sie doch auch recht, nicht wahr? Aber darf ich Sie in mein Büro bitten?«

Der grüne Filz verschluckte ihre Schritte, während sie in den ersten Stock hinaufstiegen. Auch das Büro des Geschäftsführers hatte etwas Angestaubtes. Die Möbel waren alt und gediegen.

»Ist die Seahawk eine alte Reederei?« fragte Sternberg, als er sich in einem bequemen Holzsessel niederließ.

»Die Seahawk selbst nicht«, antwortete Hartmann. »Aber die Reederei, aus der die Seahawk hervorgegangen ist. Sie hieß Behrens International und wurde bereits Anfang des Jahrhunderts gegründet. Sie bestand bis vor zehn Jahren. Die Erben des alten Behrens haben die Reederei damals verkauft. Seitdem heißt sie Seahawk und ist auf besonders problematische Fracht spezialisiert. Wir haben sogar ein Schiff, das Atommüll transportiert.«

»Soso«, sagte Sternberg ohne Begeisterung.

»Die Konkurrenz ist heute groß. Da muß man sich spezialisieren.«

»Natürlich!« Sternberg nickte. »Wer ist denn der neue Besitzer der Seahawk?«

»Es ist eine Gruppe von Besitzern. Drei, um es genau zu sagen. Doch sie halten sich im Hintergrund und kümmern sich mehr um die Frachtaufträge. Alles, was mit den Schiffen zu tun hat, liegt in meiner Hand.«

Sternberg nickte.

»Wie hoch sind die Schiffe eigentlich versichert?« fragte Carla, die inzwischen in einem anderen Sessel Platz genommen hatte.

Geschäftsführer Hartmann richtete sich hinter seinem Schreibtisch auf.

»Angemessen«, antwortete er kühl. »Wie eben alle anderen Reedereien ihre Schiffe auch versichern. Aber ich verstehe Ihre Frage nicht ganz.«

»Es gibt Informationen, die den Verdacht erwecken,

daß die ›Martha‹ versenkt wurde. Absichtlich versenkt.«
Carla versuchte Hartmanns Gesicht genau zu fixieren,
doch er war nur ein schwarzer Schattenriß vor einem hellen Fenster. Ein Schatten mit blitzenden Brillengläsern.
Der Schatten blieb erst einmal stumm. Dann fuhr er mit
einer Hand über den Schreibtisch, als wollte er Staub
wegwischen.

»Möchten Sie Kaffee?« fragte Hartmann.

»Gern«, antwortete Sternberg. »Aber noch lieber hätten wir eine Antwort auf unsere Frage.«

Hartmann drückte eine Taste auf seinem Schreibtisch
und bestellte drei Tassen Kaffee, dann beugte er sich vor
und lächelte.

»Wenn ein Schiff mit Problemfracht untergeht, dann
entstehen leicht solche Gerüchte.«

Sternberg lächelte zurück.

»Aber manchmal ist an solchen Gerüchten auch etwas
dran.«

»Gut!« sagte Hartmann und lächelte noch immer.
»Was wollen Sie wissen?«

Sternberg rieb sein Kinn.

»Ich möchte wissen, ob es normal ist, daß eine Ladung
nicht abgenommen wird.«

»Nein«, antwortete Hartmann. »Es ist nicht normal,
und es handelt sich eindeutig um einen Vertragsbruch.
Nur, was macht man mit einem Schiff voll Batterieschredder, wenn der Partner den Vertrag nicht einhält?
Wir hatten in Spanien keinerlei rechtliche Möglichkeiten.«

»Weshalb?« fragte Carla. »Sie hatten doch einen Vertrag!«

»Natürlich hatten wir einen Vertrag. Aber bis die Angelegenheit gerichtlich geklärt worden wäre, hätten Monate vergehen können. Wir konnten das Schiff nicht so lange in Rojo liegen lassen.«

»Und dann?« fragte Carla weiter.

»Dann versuchten wir es bei unserem portugiesischen Partner, doch da war auch nichts zu machen. Wir haben daraufhin das Schiff zurückbeordert, um den Schredder erst einmal zwischenzulagern.«

»Wo?« fragte Sternberg.

»Wir wollten die Container zunächst hier auf dem Gelände abstellen.«

»5000 Tonnen?« fragte Sternberg ungläubig.

»Das Gelände ist groß.«

Eine Frau mit hellblond gefärbtem Haar betrat das Büro. Sie trug ein Tablett, auf dem Kaffeetassen standen.

»Guten Tag«, sagte sie sachlich. »Milch und Zucker?«

Sternberg nickte. Die Frau nahm eine der Tassen und stellte sie auf Hartmanns Schreibtisch. Danach bediente sie auch Sternberg und Carla.

»Was würden Sie sagen«, fuhr Sternberg fort, als die Frau das Zimmer wieder verlassen hatte, »was würden Sie sagen, wenn das Recyclingwerk in Spanien gar nicht existierte?«

Hartmann schob seine Tasse hin und her.

»Kommissar Sternberg«, sagte er schließlich. »In unserer Branche interessiert so etwas nicht besonders. Interessant ist vor allem, wer die Ware bestellt und abnimmt. Was derjenige dann mit dem Zeug macht, ist seine Sache. Weshalb sollte ein Unternehmen in Spanien Batterieschredder bestellen, Tausende Tonnen abnehmen, wenn es nicht existierte?«

»Tja«, antwortete Sternberg. »Das ist eine interessante Frage, die wir durchaus klären können. Wir werden deshalb in den nächsten Tagen nach Spanien reisen.«

Hartmann trank einen Schluck Kaffee. Er lächelte diesmal etwas verzerrt.

»Spanien ist ein schönes Land.«

»Ja«, sagte Carla, »besonders um diese Jahreszeit.«

Sie lächelte boshaft. Hartmann zog seine Mundwinkel leicht nach unten.

»Wie lange ist eigentlich Kapitän Kemper schon bei der Seahawk beschäftigt?« fragte Carla.

»Kemper?« Hartmann überlegte. »Ich glaube, daß er von Anfang an dabei war. Er ist ein erfahrener Kapitän. Hat noch nie ein Schiff verloren. Diese Havarie hat ihn schwer getroffen.«

»Das denke ich mir.« Sternbergs Tonfall war unbestimmt. »Es ist Ihnen hoffentlich klar, daß wir alles daransetzen werden, die Ladung der ›Martha‹ zu bergen. Wenn 5000 Tonnen Schwermetalle sich langsam in der Nordsee verbreiten, wäre das eine Katastrophe.«

Hartmann sah erstaunt auf.

»Aber die ›Martha‹ liegt in großer Tiefe. Ich kann mir nicht vorstellen, wie eine Bergung möglich sein sollte.«

»Versuchen müssen wir es«, sagte Sternberg. Er trank seinen Kaffee aus und erhob sich.

»Das wäre für heute alles?« Hartmann sah erleichtert aus.

»Das wäre für heute alles. Danke für den Kaffee.«

Sternberg und Carla gingen zur Tür.

»Ich werde Sie nach unten bringen!« Hartmann sprang auf.

»Danke, wir finden den Weg schon selbst.« Carla nickte dem Geschäftsführer kühl zu.

Schweigend gingen sie nebeneinander die Treppe hinab.

»Weißt du, was mir besonders gefallen hat?« fragte Carla plötzlich, als sie unten angekommen waren.

»Was?«

»Das Wort ›Problemfracht‹.«

Am Nachmittag des folgenden Tages landete eine Maschine der Fluggesellschaft Iberia in Sevilla. Ein dunkler Wagen rollte neben die Gangway, als das Flugzeug seinen Standplatz erreicht hatte. Es regnete in Strömen, als die Passagiere ins Freie traten. Die Stewards und Stewardessen klappten große Regenschirme auf.

»Wir hätten in Emden bleiben sollen«, sagte Sternberg und hielt eine Zeitung über seinen Kopf.

Carla lachte. Sie liefen die Gangway hinunter. Ein Mann mit schwarzem Schnurrbart und hochgeschlagenem Mantelkragen erwartete sie.

»Entschuldigen Sie das schlechte Wetter«, sagte er in fehlerfreiem Deutsch. »Normalerweise scheint hier fast immer die Sonne. Aber wir freuen uns über jeden Regentropfen. Spanien ist ein Land ohne Wasser. Ich bin übrigens José Suarez von der spanischen Umweltpolizei, einer Unterabteilung der Guardia Civil. Wir werden sofort nach Rojo fahren.«

Suarez hatte ein scharfgeschnittenes Gesicht. Seine dunklen Haare waren sorgfältig nach hinten gekämmt. Carla schätzte ihn auf etwa vierzig Jahre. Suarez reichte ihnen die Hand.

»Warten Sie einen Augenblick«, sagte Sternberg. Er bückte sich und berührte kurz die nasse Rollbahn.

Suarez runzelte fragend die Stirn.

»Vielleicht halten Sie mich für verrückt«, lachte Sternberg, »aber ich bin so froh, wieder festen Boden unter den Füßen zu haben, daß ich ihn einfach anfassen mußte.«

Suarez lächelte und öffnete die Türen des Autos.

»Ich fliege auch nicht besonders gern«, sagte er und stieg ein. Sternberg und Carla folgten ihm.

»Es ist mir richtig unangenehm, in einer so peinlichen Angelegenheit hier anzureisen«, sagte Sternberg.

»Machen Sie sich keine Gedanken darüber«, antwortete Suarez. »Es ist eine Geschichte auf Gegenseitigkeit.«

Sternberg nickte. Er war seinem spanischen Kollegen dankbar für diese Bemerkung. Seit längerer Zeit litt er unter einer Art nationalem Schuldkomplex. Er selbst nannte es seinen »Industrienationenkomplex«. Für Sternberg stand fest, daß die Industrienationen die Erde rücksichtslos vergifteten. Sie verschoben Müllberge von einem Land zum anderen, um sie möglichst billig loszuwerden, kippten giftige Abwässer in die Ozeane, hantierten mit radioaktivem Material, als sei es völlig harmlos.

Deutschland war eine der führenden Industrienationen. Sternberg fand seine Aufgabe als Kommissar im Europäischen Umweltdezernat manchmal völlig absurd. Er kam sich vor wie der tragische Ritter Don Quichotte, der mit seiner Lanze gegen Windmühlenflügel kämpft. So gesehen paßte es ganz gut, daß sie diesmal in Spanien gelandet waren.

Der Wagen fuhr vom Flughafen hinaus aufs Land. Sternberg lächelte bitter, als er die kahlen, verkarsteten Hügel der andalusischen Landschaft sah. Da waren auch seine Windmühlen, weiß getüncht, mit schwarzen Flügeln. Die Erde war ockerfarben, die wenigen Bäume hoben sich wie Mahnmale vom hellen Boden ab.

»Eine harte, wunderschöne Landschaft«, sagte Carla auf dem Rücksitz.

»Hart ja«, antwortete Suarez. »Wunderschön würde ich nicht sagen. Es ist eine zerstörte Landschaft. Einst gab es hier dichte Wälder. In den vergangenen Jahrhunderten wurde alles abgeholzt. Für die Schiffe der Eroberer zum Beispiel, die nach Südamerika fuhren, oder für die Armada, die große spanische Flotte. Jetzt müssen die Menschen die Quittung dafür bezahlen: Wassermangel, Dürrekatastrophen, Verlust von fruchtbarem Boden und als Folge Armut.«

Carla schwieg. Suarez hatte recht. Es war eine zerstörte Landschaft, und doch war sie auf eine einsame und beängstigende Weise schön.

»Wie weit ist es nach Rojo?« fragte Sternberg.

»Etwas über hundert Kilometer«, sagte Suarez und verfiel in Schweigen.

Sternberg lehnte sich zurück. Er war noch immer dankbar dafür, wieder auf der Erde zu sein. Eine schwarze Regenwolke hing über der kahlen, weiten Landschaft. Sie grenzte sich scharf gegen den klaren, blauen Himmel im Süden ab. Der Wagen fuhr direkt in die Sonne hinein, so, als hätten sie eine Grenze überschritten.

»Wollen Sie Einzelheiten über den Fall wissen?« fragte Sternberg, nachdem sie zehn Minuten lang schweigend gefahren waren.

»Wenn Sie meinen, daß es von Bedeutung ist«, antwortete Suarez und fuhr langsamer hinter einem Lastwagen her, der weiße Rinder auf seiner Ladefläche hatte. Die Tiere standen eng zusammengepfercht hinter einem Eisengitter. Carla sah, daß eine der Kühe ihren Schwanz anhob.

»Achtung!« rief sie.

Suarez bremste erschrocken, doch es war bereits zu spät. Gelbe Flüssigkeit sprühte über die Frontscheibe des Wagens. Suarez fluchte leise, Carla lachte lauthals.

»Was ist das?« fragte Sternberg irritiert.

»Kuhpisse!« prustete Carla.

Suarez betätigte die Scheibenwaschanlage. Seine Mundwinkel zuckten, und er begann ebenfalls zu lachen. Sternberg zog prüfend die Luft ein.

»Es riecht gar nicht«, sagte er.

»Wir hatten zum Glück die Fenster geschlossen«, grinste Suarez, »sonst hätten wir auch noch eine Dusche bekommen.«

Er überholte den LKW und winkte dem Fahrer fröhlich zu.

»Vielleicht bringt das Glück«, murmelte Sternberg.

»Wem?« fragte Suarez.

»Uns. Wir werden gemeinsam den Fall blitzschnell lösen, getauft mit Kuhpisse.«

Suarez' Gesichtsausdruck bekam wieder etwas Verbissenes.

»In Rojo gibt es keinen Fall zu lösen, sondern einfach eine Katastrophe größeren Ausmaßes zu besichtigen!« sagte er bitter.

»Sie waren also schon in Rojo?« fragte Sternberg neugierig.

»Nein«, antwortete Suarez, »aber ich habe Erkundigungen eingeholt.«

Er fuhr schnell und konzentriert.

»Und was haben Sie herausgefunden?« fragte Sternberg ungeduldig. »Ihnen muß man ja wirklich jedes Wort aus der Nase ziehen. Ich komme mir schon vor wie bei einem Verhör.«

Suarez lächelte.

»Sie werden es selbst sehen. Es ist immer besser, wenn man Dinge selbst sieht – unvoreingenommen.« Er warf Sternberg einen Blick zu. »Ich habe Ihren Fall bereits schwarz auf weiß gelesen. Schließlich haben Sie mir die Unterlagen selbst gefaxt. Wenn Sie Wert auf meine Meinung legen: Ich bin sicher, daß der Frachter versenkt wurde, auch wenn es keine Beweise dafür gibt. Möglicherweise wurde sogar der Funker ermordet. Diese Müllschieber sind eine besonders skrupellose Bande. Sie finden immer neue Wege, um ihren Dreck irgendwo verschwinden zu lassen.«

Suarez wich geschickt einem entgegenkommenden Traktor aus, der plötzlich zu weit auf ihre Fahrspur schwenkte.

»Puh«, machte Carla.

»Erschrocken?« fragte Suarez.

Sternberg strich über seinen Schnurrbart.

»Manchmal«, sagte er, »manchmal habe ich das Gefühl, daß Fliegen vielleicht doch nicht so gefährlich ist. Jedenfalls begegnen einem da oben keine Traktoren. Aber ich möchte Ihnen für Ihre Meinung zum Untergang der ›Martha‹ danken. Wir sind ähnlicher Auffassung. Allerdings haben wir bisher nichts in der Hand – nur vage Ahnungen und einen anonymen Brief.«

»Glauben Sie, daß Sie hier etwas finden werden?« Suarez bog von der Hauptstraße ab.

»Es sind nur noch zwanzig Kilometer«, sagte er. »Die Küste ist ganz nah.«

»Ich weiß eigentlich nicht, was wir genau suchen«, antwortete Carla an Sternbergs Stelle. »Ich denke, daß es wichtig ist, den Ort zu sehen, an den der Schredder seit Monaten geliefert wurde. Wir werden dann mehr über die Seahawk-Reederei wissen, mehr über die Schiffsbesatzung, den Kapitän und das ganze Geschäft.«

»Ja, das denke ich auch«, sagte Suarez leise.

Die kleine Stadt Rojo lag in einer flachen Bucht direkt am Meer. Ihr Hafen war nicht sehr groß, aber ein langer Kai reichte weit hinaus, so daß auch größere Schiffe anlegen konnten. Auf den ersten Blick sah Rojo aus wie eine der vielen Postkartenansichten von südlichen Häfen. Auf den zweiten Blick nicht mehr.

Rund um die Stadt lagerten auf großen Flächen merkwürdige Haufen von kleinteiligem Müll. Zum Teil waren die Halden mit schwarzen Plastikplanen bedeckt.

Suarez hielt den Wagen an.

»Bitte!« sagte er mit einer weit ausholenden Bewegung seines rechten Arms. »Sie genießen hier die wunderbare Aussicht auf das schöne Städtchen Rojo, eine Perle Andalusiens.«

Carla und Sternberg starrten ungläubig aus dem Fenster. »Das ist ein Scherz!« sagte Sternberg nach einer Weile langsam. »Suarez, sagen Sie, daß es ein Scherz ist, den Sie für uns inszeniert haben!«

Suarez fuhr sich mit der Hand über das Gesicht.

»Ich wollte, es wäre ein Scherz«, antwortete er. »Was Sie hier sehen, ist durchaus ernst gemeint. Es ist eine Mischung aus Verantwortungslosigkeit, Dummheit, Verzweiflung und Hoffnungslosigkeit. Kurz gesagt, es ist eine Katastrophe!«

Suarez strich über die Ärmel seines eleganten Anzugs, als wollte er den Unrat abstreifen, der vor ihnen lag.

»Wollen Sie damit sagen, daß da unten überall Batterieschredder gelagert wird? Einfach so unter freiem Himmel, auf der blanken Erde?« Carlas Stimme klang belegt.

»Genau das wollte ich sagen«, nickte Suarez.

»Wie lange wissen Sie das schon?« fragte Sternberg heiser.

Suarez sah ihn nicht an.

»Eigentlich erst, seit Sie uns das Fax geschickt haben. Ein paar Kollegen sind losgefahren und haben sich die Sache angesehen.«

Carla griff nach Sternbergs Schulter. Sie mußte sich einfach festhalten, obwohl sie saß.

»Aber«, sagte sie, »es ist doch unmöglich, daß solche Mengen von Sondermüll einfach in der Landschaft herumliegen und niemand merkt etwas davon. In Rojo gibt es doch eine Stadtverwaltung, Polizei, Ärzte!«

Suarez stieg aus dem Wagen und zündete einen langen, dünnen Zigarillo an. Er lehnte am Kühler und betrachtete die Schredderhalden. Sternberg und Carla stiegen ebenfalls aus. Suarez wirkte irgendwie unnahbar. Blaue Rauchwölkchen stiegen von seinem Zigarillo auf. Sternberg griff in seine Jackentasche und runzelte die Stirn. Er hatte sich schon lange nicht mehr bei dieser Bewegung ertappt, bei der nervösen Suche nach Zigaretten. Schuldbewußt zog er seine Hand zurück.

Endlich begann Suarez wieder zu sprechen.

»Es ist möglich«, sagte er ruhig. »Allerdings nur, wenn alle zusammenhalten. Sie werden bald sehen, was ich damit meine. Spätestens dann, wenn wir ein paar Gespräche in der Stadt führen. Ich werde Ihnen deshalb nur in groben Umrissen beschreiben, was da unten passiert ist. Die Gegend hier ist sehr arm. Kein Tourismus, keine Industrie, wenig Wasser, Schwierigkeiten mit der Landwirtschaft, ein bißchen Fischfang, viele Arbeitslose. Irgendwann kamen ein deutscher und ein spanischer Geschäftsmann nach Rojo und sprachen mit dem Bürgermeister über den Bau einer Recyclinganlage für Batterieschredder. Es sei eine echte Chance für Rojo, ideale Lage, Hafen, neue Arbeitsplätze etc. Sie kennen das wahrscheinlich. Man müsse staatliche Mittel zum Aufbau der Anlage beantragen, dann würden auch deutsche Firmen Geld lockermachen. Alle in der Stadt waren begeistert. Verträge wurden unterschrieben, und so weiter.«

Suarez schleuderte seinen Zigarillo auf die Straße und versank wieder in Schweigen.

»Und?« fragte Sternberg. »Wo steht die Recyclinganlage?«

»Ja, wo?« Suarez grinste plötzlich. »Sie können sich ja mal auf die Suche begeben. Bisher hat sie allerdings noch niemand gefunden.«

Carla ging vom Wagen weg an den Straßenrand. Der Asphalt war noch naß. Dunstschwaden stiegen von der feuchten Erde auf. Obwohl es bereits später Nachmittag war, wärmte die Sonne so kräftig, daß Carla ihre Lederjacke auszog. Es roch nach feuchter Erde und Meer.

»Was ist das?« Carla wies auf ein fabrikartiges Gebäude am Rande der Stadt.

»Nichts!« antwortete Suarez. »Eine verlassene Ziegelei.«

Carla drehte sich zu ihm um und sah ihn an.

»Warum machen Sie sich über uns lustig?« fragte sie.

Ihre braunen Locken wehten im Wind, ihre Augen waren sehr dunkel. Sie sah ärgerlich aus. Sternberg betrachtete sie mit Wohlgefallen und vergaß einen Augenblick lang den Batterieschredder. Suarez zündete sich einen neuen Zigarillo an.

»Sie haben eine hübsche Kollegin«, sagte er undeutlich, den Zigarillo zwischen den Zähnen.

»Hören sie mit dem Quatsch auf!« Carla stieß mit ihren Stiefeln gegen einen Stein. Er landete genau vor Suarez' Füßen.

Der spanische Kommissar blickte nachdenklich auf den Stein und räusperte sich dann.

»Entschuldigen Sie, wenn ich mich über sie lustig mache. Es ist auch nicht besonders lustig gemeint. Ich bin eigentlich eher wütend und verstecke das hinter meiner Geheimniskrämerei.«

Er zog an seinem Zigarillo. Als er weitersprach, drang Rauch aus seinem Mund, und er ähnelte einem feuerspeienden Drachen.

»Ich bin wütend, weil hier wieder einmal arme Leute betrogen wurden und weil sie aufgrund ihrer Unwissenheit wieder einmal die Opfer von skrupellosen Geschäftemachern wurden. Von deutschen und spanischen Geschäftsleuten.«

Sternberg steckte beide Hände in seine Jackentaschen.

»Lassen Sie uns die Geschichte untersuchen«, sagte er leise. »Skrupellose Geschäftemacher gibt es überall.«

Suarez zog verächtlich die Mundwinkel herunter und spuckte aus.

»Gut«, sagte er dann, »fahren wir weiter!«

Schweigend stiegen sie wieder in den Wagen. Suarez fuhr langsam an den Müllhalden vorüber. Meterhoch türmte sich der graublaue Schredder an der Straße. Sternbergs Augen wanderten am Boden entlang.

Hier muß alles verseucht sein, dachte er. Die Schwermetalle haben sicher längst das Grundwasser erreicht.

Zwischen den Müllbergen lag ein Fußballplatz. Eine Gruppe von Jungen lief schreiend hinter dem Ball her.

Sternberg wandte sich schaudernd ab.

Der Boden, dachte er, ist wahrscheinlich so giftig, daß er bereits Sondermüll ist.

Sie hatten inzwischen die Stadt erreicht. Die Häuser sahen ärmlich aus. Putz bröckelte, und die Farbe der Wände war fleckig. Im Schatten der Hausmauern saßen alte Menschen auf Bänken und Stühlen. Sie schauten dem fremden Wagen nach. Suarez fuhr direkt zum Hafen hinunter.

»Es gibt hier nur zwei Übernachtungsmöglichkeiten«, sagte er. »Eine Herberge neben der Kirche und ein kleines Hotel am Hafen. Ich habe Zimmer am Hafen bestellt.«

Das Hotel war klein, frisch getüncht, und seine schwarzen Holzbalkone hoben sich scharf von der weißen Fassade ab. Ein blühender Oleanderbaum stand vor dem Eingang. Er war die einzige Pflanze am Hafen.

Thore wohnte seit drei Tagen bei Kai und seiner Mutter. Er hatte beschlossen, nie mehr nach Hause zurückzugehen. Anna Freese ließ ihn gewähren. Thore tat ihr leid, und sie war irgendwie froh darüber, ihn um sich zu haben. Das Alleinsein mit Kai war schwer. Sie wußten ja beide, daß sie nun für immer allein sein würden. Und noch immer fiel es ihnen schwer, ihre Trauer zu teilen. Thore war da eine Hilfe. Für Anna war er eine Art Verbindung zu ihrem toten Mann. Torsten Freese hatte Thore gemocht, war bis zum letzten Augenblick mit ihm zusammengewesen, und er hatte Thore vor seinem Vater beschützt. Anna war stolz darauf und gleichzeitig wild entschlossen, Thore ebenfalls zu verteidigen.

Thores Mutter hatte schon viermal angerufen und Anna vorgejammert, der Junge müßte unbedingt nach Hause kommen, Petersen würde ihn sonst holen.

»Er wird ihn totschlagen!« hatte Thores Mutter ins Telefon geweint. »Und mich dazu!«

»Dann ziehen Sie doch endlich aus, Frau Petersen!« hatte Anna geantwortet. »Wie lange wollen Sie das denn noch mitmachen?«

Thores Mutter hatte aufgelegt.

Anna überlegte, was sie machen könnte, falls Petersen wirklich bei ihnen aufkreuzte. Sie könnte das Jagdgewehr ihres Mannes nehmen und ihn damit in Schach halten. Oder sie könnte sich ihm entgegenstellen, und die Jungen würden durch die Hintertür entkommen. Vorsorglich holte sie Torsten Freeses Gewehr vom Speicher in die Küche. Das Gewehr stammte aus einer Zeit, als ihr Mann noch zur Jagd gegangen war. Jetzt stand es schon seit Jahren auf dem Dachboden. Freese hatte keine Freude an der Jagd gefunden, er mochte Tiere zu gern.

Anna stellte das Gewehr in die Nische zwischen Schrank und Herd. So konnte man es kaum sehen, aber es gab ihr ein Gefühl von Sicherheit. Geladen hatte sie es mit Platzpatronen, die ihr Mann zur Abschreckung der Stare gekauft hatte, die regelmäßig den Kirschbaum plünderten. Anna lächelte, als sie daran dachte. Die Platzpatronen waren kein großer Erfolg gewesen. Die Stare hatten sich zwar erst in kreischenden Schwärmen geflüchtet, waren aber nach wenigen Minuten zurückgekehrt.

Bisher war Petersen jedenfalls nicht aufgetaucht. Thore hatte Urlaub bekommen, doch die Seahawk-Reederei hatte ihm auch einen neuen Job auf einem anderen Schiff angeboten. In vier Wochen würde er auf der »Nils Holgersson« fahren, mit Kemper als Kapitän.

Thore wirkt übernervös, dachte Anna.

Die Nachricht der Reederei hatte ihn offensichtlich erschreckt. Anna führte das auf die schlimmen Erlebnisse der letzten Zeit zurück und versuchte, Thore Mut zu machen. Aber sie war selbst nicht ganz von ihren Worten überzeugt. Sie haßte die Seefahrt. Völlig in ihre Gedanken versunken stand sie am Fenster und schaute auf die Felder hinaus. Die Sonne stand schon tief, und der Himmel färbte sich rosarot. Die alte Pappel warf einen langen Schatten quer durch den Garten.

Ein Geräusch schreckte Anna auf. Sie wandte sich um. Thore stand in der Küche.

»Entschuldigung«, sagte er. »Ich wollte Sie nicht erschrecken.«

»Schon gut«, antwortete Anna. »Hast du Hunger?«

Thore schüttelte den Kopf.

»Ich wollte nur sagen, daß wir schnell mal ins Dorf fahren, und fragen, ob wir etwas mitbringen sollen?«

»Nein«, sagte Anna. »Ich habe alles im Haus. Aber, Thore, bitte paß auf, daß du deinem Vater nicht über den Weg läufst!«

Thore nickte.

»Kai kommt ja mit. Wir wollen uns von einem Freund eine CD ausleihen.«

»Seid um sieben zurück, dann gibt's Abendessen.«

»Klar«, murmelte Thore und drehte sich um. An der Tür blieb er noch mal stehen und schaute zurück. »Tschüs«, sagte er und lächelte Anna zu.

Sie hatte plötzlich das Gefühl, ihn zurückhalten zu müssen. So, als lauerte da draußen eine Gefahr auf ihn.

Anna atmete tief ein. Thore war verschwunden. Sie hörte die Jungen im Flur reden und machte einen Schritt zur Tür.

Ich sehe Gespenster, dachte sie. Es ist Torstens Tod, der mich überall Gefahren sehen läßt. Zu zweit werden sie mit Petersen schon fertig.

Kai und Thore fuhren auf ihren Rädern ins Dorf. Sie machten einen weiten Bogen um Petersens Haus. Nur ein Wagen begegnete ihnen. Es war ein Wagen, der Kai in den letzten Tagen schon zweimal aufgefallen war. Allerdings hatte er sich keine Gedanken darüber gemacht.

Es wurde allmählich dunkel, als sie im Dorf ankamen.

»Geh du rein zu Sven«, sagte Thore plötzlich. »Ich möchte mal schnell zum Deich rüber.«

Kai sah den Freund zweifelnd an.

»Ich finde das zu riskant. Wenn dein Alter dich allein erwischt, dann kann's übel werden.«

Thore schüttelte den Kopf.

»Der ist noch nie zum Deich gefahren. Der sitzt entweder in der Kneipe oder zu Hause.« Thore schaute auf seine Stiefel. »Ich muß ein bißchen nachdenken, und das kann ich am besten am Wasser.«

»Wenn du meinst«, sagte Kai. »Wir können aber doch auch zusammen zum Deich fahren.«

»Du kannst ja nachkommen«, meinte Thore. »Ich will einfach ein paar Minuten allein sein.«

Kai zuckte die Achseln.

»Okay. Ich komme nach, wenn ich die CD habe. Wird nicht lange dauern.«

Kai sah Thore nach. Sein Freund fuhr die lange Dorfstraße hinunter und verschwand nach rechts in Richtung Deich. Einen Augenblick stutzte Kai. Da war wieder der Wagen, den sie schon auf dem Weg zum Dorf gesehen hatten. Es war ein ganz normaler Wagen, hellgrau, ein älterer BMW. Thores Vater hatte einen Opel. Er konnte es also nicht sein. Kai wandte sich um und klingelte bei Sven.

Thore fuhr schnell. Seine langen Haare flatterten im Wind, und er atmete heftig. Seit er von zu Hause weggelaufen war, fühlte er sich bedrückt und frei gleichzeitig. Seine Mutter würde zu leiden haben. Aber Thore empfand wenig Mitleid mit ihr. Zu oft hatte sie ihn verraten und allein gelassen. Heute abend spürte er zum ersten Mal, daß er vielleicht wirklich frei sein könnte. Er löste die Hände von der Lenkstange und streckte seine Arme aus. Niemand würde ihn schlagen oder bedrohen, wenn er nach Hause käme. Er würde mit Kai die CD von Sting hören und dann in Ruhe schlafen. Niemand würde ihn mitten in der Nacht aus dem Bett holen. All das verdankte er Torsten Freese, Anna und Kai.

Ein Stein brachte sein Vorderrad zum Schlingern. Geschickt fing er das schleudernde Rad ab. Der Deich war nicht mehr weit. Thore trat heftig in die Pedale, um genügend Schwung für die Steigung zu bekommen. Er bemerkte den Wagen hinter sich erst, als dieser ihn fast erreicht hatte. Der Weg war schmal. Eigentlich fuhren hier nur sehr selten Autos.

Thore sah sich kurz um. Der Wagen blendete seine Scheinwerfer auf.

Wer das wohl ist? dachte Thore und fuhr noch schneller.

Der Wagen beschleunigte ebenfalls. Plötzlich spürte Thore die Gefahr, die von dem Verfolger ausging. Links und rechts waren Zäune. Er konnte nicht ausweichen. Der Wagen kam immer näher. Thore hörte sich schreien. Im nächsten Augenblick traf ihn ein heftiger Stoß. Er wurde nach rechts geschleudert, flog über den Zaun und schlug hart auf.

Kai hielt die CD von Sting in der Hand.

»Danke, Sven«, sagte er.

»Wollen wir noch 'ne Partie spielen?« fragte Sven und wies auf seinen Computer.

Kai zögerte. Plötzlich fiel ihm der graue Wagen wieder ein.

Es könnte der Kapitän sein, dachte er. Sein Herz machte einen Satz.

»'n andermal«, stammelte er. »Ich muß ganz schnell zurück. Meine Mutter wartet mit dem Essen.«

Kai rannte fast zur Tür. Sven sah ihm verständnislos nach. Draußen schwang sich Kai auf sein Rad und raste los. Als er zum Deich abbog, sah er die Lichter eines Autos vor sich. Aber der Wagen fuhr nicht, er stand mit laufendem Motor knapp unterhalb des Deichs. Kais Herz schlug schmerzhaft gegen seine Rippen.

Sie haben Thore, dachte er verzweifelt.

Kai begann zu brüllen.

»Hauen Sie ab!« schrie er. »Achtung, hier ist die Polizei!«

Der Wagen war nicht mehr weit entfernt. Da setzte er sich plötzlich sehr schnell in Bewegung und fuhr über den Deich. Inzwischen war es ganz dunkel. Kai erreichte die Stelle, an der das Fahrzeug gestanden hatte. Er stieg vom Rad und versuchte etwas zu erkennen. Da war nichts. Ganz langsam gewöhnten sich seine Augen an die Dunkelheit. Der Mond trat hinter einer Wolke hervor. Auf dem Weg glitzerte etwas. Kai tastete mit seinen Händen. Es war das zerbrochene Rücklicht eines Fahrrads. Kai hörte plötzlich den Motor des Wagens aufheulen. Hinter dem Deich blinkten Scheinwerfer auf. Er kam zurück.

Kai warf sein Fahrrad in den Graben und sprang über den Zaun.

Hatten sie Thore?

Auf allen vieren kroch er über die Schafweide. Da war ein leises Stöhnen. Kai kroch weiter. Der Mond war wieder verschwunden. Das Stöhnen kam von rechts. Da lag Thore!

Kai ließ seine Hände über den Freund gleiten. Der Wagen war oben am Deich angelangt und fuhr langsam auf sie zu. Kai packte Thore unter den Armen und schleppte ihn weg von der Straße. Er keuchte. Thore schien tonnenschwer. Kai strauchelte. Da war ein Graben!

Er zog Thore hinunter und legte sich neben ihn. So würden sie nichts sehen, wenn sie die Scheinwerfer auf die Wiese richteten.

Der Wagen hielt an. Blendendes Licht ergoß sich über die Weide. Kai legte den Kopf auf die Arme.

Lieber Gott, betete er. Laß sie uns nicht finden. Bitte!

Er hielt den Atem an. Irgend jemand stieg aus dem Wagen. Es dauerte Ewigkeiten, bis eine Stimme rief: »Er ist weg!«

»Verdammt!« rief eine andere Stimme.

»Laß uns abhauen!« rief die erste Stimme.

Kai preßte sein Gesicht gegen das feuchte Gras. Türen wurden zugeschlagen. Der Wagen fuhr tatsächlich weg. Ganz langsam hob Kai seinen Kopf. Die Rücklichter des Autos wurden kleiner und verschwanden zwischen den Häusern.

Kai zitterte. Mühsam hievte er Thore aus dem Graben und bettete ihn auf das Gras. Er erinnerte sich an einen Erste-Hilfe-Kurs, den er einmal in der Schule mitgemacht hatte. Seitenlage. Vorsichtig drehte er Thores Körper in die richtige Lage. Der Freund atmete unregelmäßig.

»Kannst du mich hören, Thore?« fragte Kai angstvoll. Thore antwortete nicht. Da richtete Kai sich entschlossen auf. Der Wagen kam offensichtlich nicht zurück.

»Ich muß Hilfe holen, Thore! Ich muß dich jetzt allein lassen. Aber ich komme so schnell wie möglich zurück!«

Er zog seine Lederjacke aus und breitete sie über Thore. Dann rannte er zu seinem Fahrrad zurück.

Der Weg ins Dorf erschien ihm endlos lang. Da endlich war das erste Haus! Hier wohnte die alte Geerke. Die hatte nicht mal Telefon. Kai fuhr weiter. Der Arzt! Er würde gleich zum Arzt fahren. Noch vier Häuser weiter!

Kai sprang vom Rad und klingelte Sturm.

Das Abendessen im Hotel »El Porto« war ausgezeichnet gewesen: Paella mit frischen Muscheln, dazu herber Rotwein. Zum Nachtisch hatte es Obst und Käse gegeben. Doch anschließend hatten Sternberg und Carla schlecht geschlafen. Dabei war es ganz still gewesen am Hafen. Nur die Wellen schlugen gluckernd gegen den Kai, und einmal bellte ein Hund.

Am nächsten Morgen erschienen die beiden Polizeibeamten etwas zerknittert zum Frühstück. Suarez wartete bereits auf sie. Er wirkte höchst gepflegt in seinem dunklen Anzug. Nur unter seinen Augen lagen dunkle Schatten.

Sternberg musterte seinen spanischen Kollegen mit einem kleinen Lächeln.

»Haben Sie schlecht geschlafen?« fragte er.

Suarez runzelte die Stirn.

»Fast gar nicht«, antwortete er. »Da war ein Hund.«

»Ja«, fiel es Carla ein. »Den habe ich auch gehört. Und die Wellen ...«

»... schlugen die ganze Nacht gegen die Kaimauer«, vollendete Sternberg ihren Satz.

Suarez lachte.

»Es war eine schöne und ruhige Nacht, aber wir drei waren nicht ruhig. Es hat keinen Zweck, den armen Hund oder das Meer zu beschuldigen.«

Sternberg nickte.

»Was machen wir jetzt?« fragte er.

»Wir sprechen mit dem Bürgermeister, dem Polizeikommandanten, dem Hafenvorsteher, mit Bewohnern, die beim Entladen der Schiffe geholfen haben. Außerdem habe ich neue Boden- und Wasserproben entnehmen lassen. Die Ergebnisse müßten heute eintreffen.«

Nach dem Frühstück machten sie sich auf den Weg zum Bürgermeister. Suarez bewegte sich in der kleinen Stadt, als sei er zu Hause. Nur an einer Straßenkreuzung zögerte er kurz. Doch dann ging er entschlossen weiter, direkt auf das Bürgermeisteramt zu, dessen Putz genauso bröckelte wie der aller Häuser.

Sternberg versuchte, die Stimmung im Ort zu erfassen. Nichts schien darauf hinzudeuten, daß irgend etwas nicht stimmte. Die Leute gingen einkaufen, im Laden des Friseurs saßen mehrere Männer, deren Gesichter von weißem Schaum bedeckt waren. Sie ließen sich rasieren. Allerdings sahen die Menschen den drei Fremden nach, fanden sich hinter ihrem Rücken zu dritt oder viert zusammen und begannen zu tuscheln. Neben einer Mülltonne lag eine tote Katze. Sternberg fühlte sich unbehaglich.

»Kommen hier so selten Fremde vorbei, oder warum schauen die Leute uns nach?« fragte er seinen Kollegen.

Suarez zuckte die Achseln.

»Es kommen sicher Fremde in diesen Ort, doch diesmal wissen die Leute, daß wir aus einem bestimmten Grund hier sind. Sie wissen von den Bodenproben meiner Kollegen, und außerdem wird der Bürgermeister oder der Polizeikommandant sie vorgewarnt haben.«

»Der Polizeikommandant?« fragte Carla erstaunt.

Suarez steckte seine beiden Hände tief in die Anzugtaschen.

»Ja, der Polizeikommandant!« antwortete er. »Das hier ist ein kleiner Ort, und die Menschen leben sehr eng zusammen. Der Polizeikommandant wurde hier geboren. Die Leute in seiner Stadt stehen ihm sicher näher als die Umweltpolizei in Madrid oder Deutschland.«

Carla nickte und zog ihre Lederjacke enger um sich.

Obwohl die Sonne schien, war es ein kühler Morgen. Doch das war nicht der einzige Grund für ihr Frösteln. Sie erinnerte sich plötzlich an einen Urlaub, den sie als Kind mit ihren Eltern in Nordspanien verbracht hatte. Ein Ereignis hatte sich in ihrem Gedächtnis eingeprägt. Es war eine dunkle Stadt, die vor ihrem inneren Auge aufstieg. Eine Hafenstraße voller Menschen, eine seltsame Unruhe und dann ein Lastwagen voller Soldaten oder Polizisten. Sie konnte sich nicht mehr genau erinnern. Die Soldaten sprangen von der Ladefläche und packten einen Mann, der kurz vor Carla und ihren Eltern ging. Sie schlugen ihn zusammen und warfen ihn auf den Laster. Carla spürte wieder wie damals den Schweißausbruch, als sie jetzt daran dachte. Dieses wilde Aufbäumen gegen das Unrecht, das vor ihren Augen geschah.

Ihr Vater hatte sie an der Hand genommen. Auch er war blaß und verstört gewesen. »Hier in Spanien herrscht Diktatur«, hatte er gesagt. »Diktatur ist schlimm. Die Menschen haben keine Rechte. Das Gegenteil von Demokratie. Du wirst erst später verstehen, was das bedeutet.«

Aber Carla hatte es bereits verstanden, obwohl sie damals erst zehn Jahre alt war. Am nächsten Tag waren sie nach Frankreich gefahren. Ihre Eltern wollten nicht mehr länger in Spanien bleiben.

Jetzt machten die düsteren Straßen von Rojo Carla unruhig. Es kam ihr vor, als sei die Zeit hier stehengeblieben, obwohl Spanien doch seit vielen Jahren demokratisch regiert wurde. Suarez warf ihr einen kurzen Blick zu.

»Fühlen Sie sich nicht wohl?« fragte er.

»Nein«, antwortete Carla leise. »Ich fühle mich nicht wohl. Ich habe das Gefühl, als finde um mich herum eine große Verschwörung statt, und ich kann die Situation nicht einschätzen.«

Suarez blieb stehen und sah sie an.

»Sie liegen nicht so falsch mit ihrem Gefühl«, antwortete er ruhig. »Es handelt sich um eine Art Verschwörung. Es ist die Verschwörung der Armen mit Verbrechern. Allerdings sind die Armen erst gerade dabei, zu verstehen, daß sie sich mit Verbrechern eingelassen haben.«

Sie waren inzwischen vor dem Rathaus angekommen. Die spanische Fahne hing schlaff von einem kurzen Mast an der Fassade des Hauses.

»Lassen Sie uns hineingehen«, sagte Suarez.

Sternberg und Carla ließen ihrem Kollegen den Vortritt. Sie kamen sich irgendwie fehl am Platz vor. Doch seltsamerweise kam ihnen der Bürgermeister von Rojo bereits in der bescheidenen Eingangshalle entgegen. Er war ein Mann von etwa fünfzig Jahren, dessen dunkle Haare an den Schläfen schneeweiß waren. Er war rundlich und nicht sehr groß. Sein Gesicht war ein wenig grob geschnitten, doch seine Augen waren von einer Offenheit, die Sternberg überraschte.

»Ich habe Sie erwartet«, sagte der Bürgermeister und drückte ihnen allen die Hände. Mehr allerdings konnte Sternberg nicht verstehen. Auch Carla hatte Mühe. Der Bürgermeister sprach sehr schnell.

Suarez nickte ernst.

Sie wurden in ein schlichtes Büro geführt. Grauer Kachelboden, einfache Holzmöbel, ein paar Stühle, die ein wenig abgeschabt wirkten.

»Ich werde übersetzen«, sagte Suarez.

Es gab keinen Kaffee. Es gab auch keine Sekretärin.

Der Bürgermeister setzte sich hinter seinen Schreibtisch. Carla beobachtete ihn genau, während Suarez seine

Fragen stellte. Der Bürgermeister wirkte erschüttert, fast verzweifelt. Nach einer Weile wandte sich Suarez seinen deutschen Kollegen zu. Er sah ebenfalls erschüttert aus.

»Ich habe dem Bürgermeister eben die Auswirkungen der Schwermetalle erklärt, die rund um seine Stadt lagern, und ich habe ihn gefragt, wie es eigentlich dazu kommen konnte. Es ist so, wie ich vermutete. Vor drei Jahren kamen einige Geschäftsleute nach Rojo. Sie traten sehr vertrauenswürdig auf. Sie erklärten der Stadtverwaltung, daß sie eine größere Investition in Rojo planten. Die Errichtung eines Werks zur Wiederaufbereitung von Batterieschredder und anderen schwermetallhaltigen Industrieabfällen. Anfangs sei man skeptisch gewesen, aber da Rojo dringend Arbeitsplätze benötigte und angeblich Zuschüsse der spanischen Regierung zugesagt waren, willigte man ein. Die Menschen waren voller Hoffnung. Ein Platz für das neue Werk wurde ausgewiesen, und die Bauarbeiten haben tatsächlich auch begonnen. Gleichzeitig kamen bereits die ersten Schiffe mit Batterieschredder an. Die künftigen Rohstoffe wurden rund um die Stadt auf Plastikplanen gelagert.

Doch vor einem halben Jahr wurden plötzlich die Arbeiten an der Fabrik eingestellt. Es hieß, daß man erst auf das Geld von der spanischen Regierung oder der Europäischen Union warten müsse. Aber es kam kein Geld, und als der Bürgermeister nachfragte, stellte sich heraus, daß zwar Anträge gestellt worden waren, doch waren sie sowohl von der Regierung als auch von der Europäischen Union abgelehnt worden.

Von der künftigen Fabrik standen erst die Grundmauern.

Aber sowohl die deutschen als auch die spanischen Geschäftspartner erklärten, sie würden das Werk auch ohne

Zuschüsse bauen. Deshalb nahm die Stadt Rojo weiterhin die Lieferungen aus Deutschland ab. Es kamen noch Lieferungen aus Spanien und Frankreich dazu.«

Suarez verstummte.

»Können Sie den Bürgermeister bitte fragen, warum er die letzte Ladung der ›Martha‹ abgelehnt hat?« fragte Sternberg.

Als Suarez die Frage stellte, blickte der Bürgermeister auf seine Hände, ballte sie dann leicht und antwortete schnell und erregt.

»Er hat gesagt, er wollte nicht länger zulassen, daß seine Stadt mit Gift zugeschüttet wurde. Es sei ihm plötzlich klargeworden, das Werk würde vielleicht nie gebaut werden. Er wollte die Lieferanten und die Hintermänner unter Druck setzen.«

Suarez übersetzte konzentriert und ohne Anzeichen einer Gefühlsregung.

Sternberg nickte.

»Weiß er vom Untergang der ›Martha‹?«

Suarez schüttelte den Kopf.

»Erzählen Sie ihm bitte davon«, sagte Sternberg.

Suarez begann wieder zu sprechen.

Der Bürgermeister starrte vor sich hin. Dann richtete er sich plötzlich auf und schlug heftig auf seinen Schreibtisch. Wütend redete er auf die Polizeibeamten ein.

»Ich glaube, das habe ich verstanden«, sagte Carla. Sie wandte sich Sternberg zu. »Er hat gesagt, daß es sich um skrupellose Verbrecher handelt und daß er sich überhaupt nicht wundert, daß die ›Martha‹ untergegangen ist.«

»Mich wundert es inzwischen auch nicht mehr«, antwortete Sternberg.

Später am Vormittag besichtigten sie gemeinsam mit dem Polizeikommandanten die Lagerstätten rund um Rojo. Sie benötigten kein Auto, denn die ersten Halden erhoben sich bereits knapp hinter den Häusern der Stadt. Der Polizeikommandant erwies sich als eher schweigsam.

»Sehen Sie selbst«, sagte er.

Bräunliche Brühe sickerte unter den Schredderbergen in den Boden, ein leicht metallischer Geruch lag über den Abfallhaufen.

»Und warum haben Sie nichts dagegen unternommen?« fragte Carla fassungslos.

Der Polizeikommandant war jung. Er trug einen kleinen Oberlippenbart wie Suarez, vermutlich, um älter zu erscheinen. Er antwortete nicht auf ihre Frage, sondern stieß mit der Spitze seines blankgeputzten Stiefels gegen einen Haufen Schredder, der von der Plastikplane gerutscht war.

Suarez wiederholte die Frage.

Der junge Kommandant ließ seine Augen über die endlosen Halden schweifen, dann sah er Suarez trotzig an.

»Ich wollte, daß es den Leuten hier bessergeht«, stieß er hervor. »Ich habe nicht gewußt, daß wir betrogen werden, daß die Geschichte für die Menschen gefährlich werden könnte.«

»Und niemand von den Verantwortlichen hat vielleicht ein bißchen Geld dafür bekommen, daß er dies alles geschehen läßt?« fragte Carla.

Ihr Spanisch klang zwar holprig, doch der Polizeikommandant verstand sie trotzdem. Er preßte seine Lippen aufeinander und senkte den Kopf.

Suarez seufzte.

»Sie haben ihn beleidigt«, sagte er sanft. »Es ist nicht gut, einen Andalusier zu beleidigen.«

»Aber Suarez!« antwortete Carla empört. »Sie können mir doch nicht erzählen, daß hier lauter Ehrenmänner ihre Stadt retten wollten. Das klingt verdammt nach einem Märchen.«

Suarez zuckte die Schultern.

»Vielleicht werden wir es herausfinden. Manchmal gibt es ja auch noch Märchen auf dieser Welt, oder?«

Langsam gingen sie in die Stadt zurück. In den Straßen schienen sich immer mehr Menschen zu versammeln. Die Sonne stand inzwischen hoch, und die Schatten waren hart. Sternberg schwitzte. Er fühlte sich noch unbehaglicher als am Morgen. Als sie den kleinen Platz vor dem Rathaus erreichten, wartete dort eine schweigende Menschenmenge.

»Was ist hier los?« fragte Sternberg. »Vielleicht könnte unser schneidiger Polizeikommandant uns aufklären!«

Suarez runzelte warnend die Stirn. Er wandte sich an einen der Männer, die auf dem Platz standen. Sternberg verstand nicht, was er sagte. Der Mann aber verzog sein Gesicht zu einer verächtlichen Grimasse und wies auf die beiden deutschen Polizeibeamten, während er antwortete.

Suarez wirkte plötzlich nervös.

»Sie wollen wissen, was mit den Müllhalden geschehen soll, und sie nehmen an, daß Sie beide Abgesandte der deutschen Firma sind, die hier die neue Fabrik errichten wollte. Keine besonders angenehme Vorstellung.«

Sternberg strich über seinen Schnurrbart und fand, daß er sich diesmal nicht weich, sondern ausgesprochen stachelig anfühlte.

»Nein«, antwortete er. »Ich finde diese Vorstellung auch nicht besonders angenehm. Vielleicht könnten Sie die Leute über ihren Irrtum aufklären!«

»Ich werde es versuchen«, sagte Suarez und bahnte sich behutsam einen Weg durch die Umstehenden. Sternberg und Carla folgten ihm, und auch der Polizeikommandant hielt sich dicht hinter ihnen.

Unwilliges Murmeln erhob sich auf dem Platz, schwoll an und entlud sich endlich in lauten Rufen.

»Betrüger!« schrien die Leute. »Verbrecher! Verhaftet sie! Werft sie ins Meer! Laßt sie das Zeug mit ihren eigenen Händen wegräumen!«

»Was rufen sie?« fragte Sternberg.

Carla nahm seinen Arm.

»Sei froh, daß du kein Spanisch verstehst«, flüsterte sie.

Sie erreichten die Freitreppe, die zum Rathaus hinaufführte. Suarez nahm zwei Stufen auf einmal und drehte sich auf der letzten Stufe zu der Menge um.

»Ruhe!« rief er.

Carla sah ihn erstaunt an. Suarez war nicht besonders groß und ein eher zurückhaltender Mensch. Doch plötzlich wirkte er viel größer und sehr stark. Auch Sternberg und Carla wandten sich zu den Menschen um, die sich unter ihnen drängten. Fast alle waren dunkel gekleidet, ihre Gesichter wirkten hart und zornig.

Ich habe Angst, dachte Carla. Hoffentlich findet Suarez die richtigen Worte, um die Leute da unten zu beruhigen.

Suarez schien zu wachsen. Er breitete seine Arme aus und erreichte damit, daß die Rufe erstarben.

»Frauen und Männer!« rief er in die Stille. »Wir sind hier, um das Verbrechen aufzuklären, das an eurer Stadt begangen worden ist. Die beiden Deutschen hier sind Polizeibeamte, und ich bin Kommissar der spanischen Umweltpolizei. Wir werden dafür sorgen, daß euch Gerechtigkeit widerfährt und die Schäden beseitigt werden. Die deutsche und die spanische Regierung werden dafür sorgen, daß die Dinge in eurer Stadt wieder in Ordnung gebracht werden.«

Sternberg hielt die Luft an. Einen Augenblick blieb es still auf dem Platz. Dann begann wieder ein unheilvolles Gemurmel.

»Wer sagt uns, daß du die Wahrheit sagst?«
»Die anderen haben auch versprochen, daß die Regierung bezahlt!«
»Die Polizei lügt genau wie alle anderen!«
»Die einfachen Leute sind immer die Dummen!«

Suarez stellte sich auf seine Zehenspitzen.

»Ruhe!« schrie er wieder. »Ich bürge persönlich für das, was ich euch gesagt habe. Ich bin Kommissar Suarez. Jetzt kennt ihr meinen Namen und wißt, an wen ihr euch wenden könnt. Jetzt geht nach Hause. Wir werden euch über alles informieren, sobald wir es selbst wissen. Wir werden euch sagen, wie stark die Verseuchung ist und was dagegen getan wird. Wir werden euch die Schuldigen nennen, und wir werden eine Entschädigung für die Stadt verlangen. Und wir bitten euch um Hilfe. Jeder, der etwas weiß, kann zu mir in die Kommandantur kommen. Jede Aussage ist wichtig für diese Stadt, die ihr alle liebt!«

Einen Augenblick lang schien die ganze Stadt den Atem anzuhalten. Die Augen der Menschen waren auf Suarez gerichtet. Dann ging etwas wie ein Seufzen durch die Reihen, und ganz allmählich begannen die Leute zu gehen. Erst waren es einzelne, die am Rand der Menge abbröckelten, dann lösten sich ganze Gruppen.

Sternberg bewegte ganz vorsichtig seine Schultern. Sie schmerzten plötzlich. Seine gesamte Anspannung hatte sich in den Nackenmuskeln festgesetzt.

»Sie hätten Politiker werden sollen«, sagte er zu Suarez. »Ich hoffe nur, daß die deutsche und die spanische Regierung bereits von Ihrem großzügigen Hilfsangebot wissen.«

»O Mann!« antwortete Suarez. »Eben sind Ihnen Ihre coolen Sprüche noch im Hals steckengeblieben, aber kaum ist die Gefahr vorüber, dann sind Sie schon wieder obenauf!«

»Entschuldigung«, sagte Sternberg. »Es ist meine Art, so mit Aufregungen umzugehen. Ich meine es nicht so. Ich finde, Sie haben eine wirklich große Rettungsaktion unternommen, und ich bin Ihnen dankbar dafür. Ich befürchte nur, daß wir eine Menge tun müssen, um unsere Regierungen tatsächlich zur Hilfe für Rojo zu veranlassen.«

Suarez klopfte seinem Kollegen auf die Schulter und lächelte bitter.

»Ja, Sternberg«, sagte er, »das befürchte ich auch. Aber vielleicht schaffen wir es gemeinsam, Sie, Señorita Carla, ich und der Bürgermeister.«

Sie arbeiteten den ganzen Tag, fanden kaum Zeit, ein Stück Käse zu essen oder einen Kaffee zu trinken. Die Menschen kamen jetzt freiwillig. Sie erzählten von seltsamen Erkrankungen, Nervenstörungen, Leberschäden.

Auch ein Arzt der Stadt fand sich in der Kommandantur ein. Er behauptete, von Anfang an gewarnt zu haben. Nur aus Rücksicht auf die wirtschaftliche Entwicklung der Stadt hätte er geschwiegen. Plötzlich schienen überaus viele Menschen gegen die neue Anlage gewesen zu sein.

Suarez schüttelte traurig den Kopf.

»So ist das mit den Mitläufern«, sagte er. »Hinterher will es niemand gewesen sein. Sie haben alle unter einer Decke gesteckt. Der Arzt und alle, die jetzt dagegen sind.«

Am späten Nachmittag kamen die Untersuchungsergebnisse der Boden- und Wasserproben bei ihnen an. Sie stellten eindeutig fest, daß das Trinkwasser von Rojo ab sofort gesperrt werden mußte. Der Schwermetallgehalt des Wassers sei extrem gesundheitsgefährdend. Außerdem dürfe niemand Obst und Gemüse aus den Gärten und Feldern rund um die Stadt essen, da auch die Böden völlig verseucht seien.

Sternberg und Carla fanden zudem heraus, daß einer der Besitzer der Seahawk-Reederei die Verhandlungen in Rojo geführt hatte.

»Eigentlich reicht es für heute«, sagte Sternberg müde, als das Faxgerät der Polizeikommandantur erneut zu arbeiten begann.

»Das ist für Sie«, meinte Suarez nach einem kurzen Blick auf das Papier.

»Lies du«, sagte Sternberg zu Carla. »Mein Bedarf an Informationen ist heute gedeckt«.

Carla nahm das Fax und wurde blaß.

»Mein Gott«, flüsterte sie. »Wir müssen sofort nach Emden zurück. Auf Thore, den Schiffsjungen, wurde ein Mordanschlag verübt.«

»Was ist mit ihm?« fragte Sternberg.

»Ich weiß nicht. Hier steht nur, daß ein Anschlag auf ihn verübt wurde.«

»Die sind doch dümmer, als ich dachte«, meinte Sternberg.

Thore sah schwarze und graue Nebelfetzen vor seinen geschlossenen Augen. Er fühlte sich schwindelig. Zwischen den Nebelschleiern erschien plötzlich die »Martha«. Sie hatte schwere Schlagseite. Er hörte Hilferufe. Es war Torsten Freese. Aber Thore konnte nichts machen, er lag im Wasser, oder war es feuchter Sand? Plötzlich erschien das höhnische Gesicht seines Vaters im Nebel. Er schleuderte einen Gegenstand auf Thore. Thore schrie auf. Die Nebel wurden dichter. Lichter eines Autos rasten auf ihn zu. Er warf sich herum, stöhnte auf.

Da war eine Stimme, die ihn rief.

»Thore!«

Thore wußte nicht, wem die Stimme gehörte. Sie war irgendwo hinter den Nebelwänden.

»Thore! Ich bin's, Kai! Bitte, Thore, wach auf!«

Die Nebel wurden wieder dichter. Aber da war dieser Name, diese Stimme. Sie hörte nicht auf zu rufen. Es war nicht Torsten Freese, es war Kai. Wer war Kai?

Thore versuchte, die Nebel zu durchdringen. Plötzlich spürte er, daß er heftige Kopfschmerzen hatte. Das Atmen tat ebenfalls weh.

»Thore, hier ist Kai. Dein Freund Kai! Kannst du mich hören?«

Die Nebel verschwanden allmählich. Thore war es

übel. Kai? Langsam öffnete Thore seine Augen. Als erstes sah er seine Hände auf der Bettdecke, dann ein Bild an der Wand gegenüber. Er kannte das Bild nicht. Thore schloß seine Augen.

»Thore!«

Die Stimme störte ihn.

»Thore, du mußt aufwachen!«

Ich will aber nicht, dachte Thore.

Eine Hand schüttelte leicht seinen Arm. Thore runzelte unwillig die Stirn, drehte dann aber seinen Kopf und öffnete wieder seine Augen. Diesmal schaute er genau in Kais Gesicht.

»Thore, du mußt wach bleiben. Bitte, schau mich an. Die Ärzte haben Angst, daß du in ein Koma fällst. Es ist alles in Ordnung. Wir sind hier im Krankenhaus. Nichts kann dir passieren. Erkennst du mich? Ich bin Kai!«

Thore hielt seine Augen geöffnet. Ja, er erkannte Kai. Nach einer langen Zeit brachte er ein schwaches Lächeln zustande. Kai hielt seine Hand, und Thore erwiderte seinen Druck.

»Was ist passiert?« flüsterte er.

Kai stieß einen lauten Seufzer der Erleichterung aus.

»Irgendwer hat versucht, dich plattzumachen. Aber es ist ihm zum Glück nicht gelungen. Du mußt jetzt nur wach bleiben und nicht wieder einschlafen. Du hast lange genug geschlafen. Fast drei Tage. Wir haben alle gedacht, du willst überhaupt nicht mehr aufwachen. Anna und ich sitzen hier rund um die Uhr, immer abwechselnd.«

Thore hörte Kais Worte, doch er schien sie gleichzeitig auch zu sehen. Wie schillernde Seifenblasen, die nacheinander zerplatzten. Sein Kopf fühlte sich merkwürdig an. Vorsichtig hob er eine Hand und betastete seine Stirn. Da war keine Stirn, sondern ein Verband.

»Du hast eine schwere Gehirnerschütterung«, sagte Kai. »Du mußt ganz ruhig liegen, dann kommt dein Denkapparat schon wieder in die Gänge. Jetzt sage ich mal dem Arzt Bescheid, der wartet nämlich schon ganz ungeduldig, daß du endlich aufwachst.«

Thore schloß wieder seine Augen. Die Welt da draußen war zu hell für ihn. Doch da war wieder der Nebel. Der Nebel machte ihm angst. Thore beschloß wach zu bleiben.

Sternberg und Carla standen vor dem Krankenhaus in Emden. Vor zwei Stunden waren sie aus Spanien zurückgekehrt, und seit zwei Stunden hatten sie mit den Kollegen der Kripo und der Wasserschutzpolizei gesprochen. Es war nicht allzuviel dabei herausgekommen. Der Wagen, mit dem Thore angefahren worden war, wurde zwar sichergestellt, doch es war ein gestohlener Wagen. Bisher gab es keine Hinweise auf die Täter. Nur daß es sich um einen gezielten Anschlag handelte, daran bestand kein Zweifel. Thores Vater hatte ein solides Alibi. Er hatte mit zehn anderen Leuten aus Eysum in der Dorfkneipe gesessen. Kapitän Kemper war angeblich zu Hause bei seiner Frau gewesen. Jedenfalls hatte sie seine Aussage bestätigt. Der Fall blieb für Carla und Sternberg also ebenso klar wie unklar.

Carla schaute traurig das Portal des Krankenhauses an.

»Genau hier wollte ich nicht stehen«, sagte sie.

»Was meinst du?« fragte Sternberg.

»Ich hatte von Anfang an Angst um Thore«, antwortete sie. »Es war ganz seltsam. Kaum hatte ich ihn gesehen, hatte ich auch schon das Gefühl, daß er irgendwie in Gefahr war.«

»Ich bin allmählich wirklich auf diesen Thore gespannt. Er spielt in diesem Fall nur eine Nebenrolle, und trotzdem scheint sich alles um ihn zu drehen.«

Carla sah Sternberg ernst an.

»Ich glaube, daß er das schlechte Gewissen der ganzen Schiffscrew verkörpert. Ich bin sicher, daß er etwas Wichtiges weiß oder ahnt. Wir glauben das, und ich bin sicher, auch alle Beteiligten glauben es. Thore ist ein ganz besonderer Junge.«

Sternberg nickte, und sie betraten schweigend das Krankenhaus. Vor Thores Zimmer fanden sie ihren deutsch-italienischen Kollegen Tommasini. Er ließ seine Zeitung sinken, als er Sternberg und Carla kommen sah.

»Ein trauriges Wiedersehen«, sagte er.

»Wie geht es dem Jungen?« fragte Carla.

»Bis vor wenigen Stunden lag er in einer Art Koma. Aber seinem Freund Kai ist es gelungen, ihn aufzuwecken. Jetzt ist er zwar wach, aber er hat noch nicht viel gesagt. Die Ärzte haben bisher noch keine Befragung erlaubt. Die einzigen Aussagen haben wir bisher von Kai bekommen. Er hat Thore gefunden und auch den Wagen gesehen.«

»Danke«, sagte Carla. »Dürfen wir Thore sehen? Wir werden auch keine Fragen stellen.«

Tommasini zuckte die Achseln.

»Ich bin kein Arzt. Wahrscheinlich sollten Sie besser einen von denen fragen.«

»Ich will ihn ja nur sehen«, sagte Carla, »nur von der Tür aus. Ich werde nicht mal reingehen. Ist er allein?«

Tommasini schüttelte den Kopf.

»Sein Freund Kai ist bei ihm. Wenn er weggeht, dann

löst ihn Kais Mutter ab. Das machen die schon seit Tagen. Ohne die beiden hätte Thore es vielleicht gar nicht geschafft, aus dem Koma wieder aufzutauchen. Kai ist übrigens der Sohn des toten Schiffsfunkers.«

Sternberg stieß einen leisen Pfiff aus.

»Das ist ja hochinteressant«, sagte er.

Carla legte einen Finger an ihre Lippen und öffnete vorsichtig die Tür. Das Zimmer war nicht sehr groß, nur ein Bett stand in der Mitte. Neben dem Bett saß ein Junge, der Carla einen erstaunten Blick zuwarf. Er hielt eine Hand, die kraftlos auf der Bettdecke lag. Carlas Augen wanderten von den beiden Händen hinauf zu Thores Kopf. Der große Verband ließ das Gesicht noch schmaler und zerbrechlicher erscheinen, als Carla es in Erinnerung hatte. Thore war sehr blaß, selbst seine Sommersprossen schienen heller geworden zu sein. Er hielt die Augen halb geschlossen und bemerkte offenbar nicht, daß sich die Tür geöffnet hatte.

Kai schüttelte unwillig den Kopf. Carla zog die Tür lautlos wieder zu.

»Es hat keinen Sinn«, sagte sie. »Er könnte einen Schock bekommen, wenn er mich sieht.«

Sternberg klopfte nervös einen Trommelwirbel an die schneeweiße Wand.

»Ich würde gern mit Kai sprechen«, murmelte er. »Ich nehme an, daß Freeses Sohn inzwischen mehr weiß als wir.«

»Fragt sich nur, ob er etwas sagt«, meinte Tommasini. »Ich habe das Gefühl, daß die beiden unheimlich zusammenhalten.«

Eine Krankenschwester kam den Flur entlang. Ihre Sandalen quietschten auf dem glänzenden Boden.

»Warten Sie auf jemanden?« fragte sie.

»Könnten Sie uns bitte den jungen Mann herausschikken, der bei Thore Petersen sitzt?« antwortete Sternberg und machte eine leichte Verbeugung. »Kommissar Sternberg.«

Die Schwester musterte ihn prüfend und wurde ein wenig rot.

»Ich muß Thore sowieso umbetten. Solange kann Kai das Zimmer verlassen.«

Kurz darauf trat Kai Freese aus dem Krankenzimmer. Er war ebenfalls sehr blaß und hatte tiefe Ringe unter den Augen.

»Hallo«, sagte er verlegen. »Ich wollte sowieso mit Ihnen reden.«

Seine Augen wanderten von Sternberg zu Carla.

»Sie sind die Kommissarin, mit der Thore schon einmal gesprochen hat, nicht wahr?«

Carla nickte.

»Wir können uns ja in die Besucherecke setzen«, meinte Kai, und Sternberg fand, daß der junge Mann für sein Alter bemerkenswert selbstsicher wirkte.

Sie gingen schweigend zu den roten Plastikstühlen am Ende des Korridors. Es roch nach Putzmitteln und Krankheit. Kai setzte sich als erster und stützte seine Ellenbogen auf die Knie. Er hielt seinen Kopf gesenkt. Sein dichtes, dunkelblondes Haar fiel tief in seine Stirn.

»Wie geht es deinem Freund?« fragte Carla.

Kai sah nicht auf.

»Ich hoffe, daß er wach bleibt. Wenn er wach bleibt, dann wird er wieder gesund.«

Er fuhr sich mit beiden Händen durchs Haar.

»Ich habe Ihren Kollegen schon alles gesagt, was ich von dem Anschlag auf Thore weiß. Aber ich möchte Ihnen etwas anderes sagen.«

Kai machte eine lange Pause. Carla und Sternberg warteten. Sie wollten ihn nicht durch Zwischenfragen bedrängen. Schließlich stieß Kai einen tiefen Seufzer aus.

»Wissen Sie, es ist nicht leicht für mich. Eigentlich müßte Thore Ihnen das erzählen. Aber er kann es im Augenblick noch nicht. Und selbst wenn er es könnte, würde es ihn zu sehr aufregen. Thore hat beim Untergang der ›Martha‹ etwas gesehen.«

Kai hielt wieder inne. Er schluckte. Plötzlich hob er den Kopf und schaute Carla prüfend an.

»Sie dürfen Thore nicht verraten!« stieß er hervor. »Die wollen ihn wirklich fertigmachen. Ich sage das jetzt nur, weil ich will, daß Sie die Kerle verhaften. Ich will nicht, daß Thore noch mehr passiert!«

Carla hielt Kais Blick stand.

»Du kannst sicher sein, daß wir alles tun werden, um Thore zu beschützen. Mir ist dein Freund auch sehr wichtig«, antwortete sie ruhig.

»Und Ihr Kollege?« Kais Augen wanderten zu Sternberg.

»Auf mich kannst du dich auch verlassen«, sagte Sternberg. »Und wir werden rund um die Uhr einen Beamten vor Thores Tür postieren.«

Kai seufzte wieder.

»Also«, begann er. »Thore ist kurz vor dem Untergang der ›Martha‹ in den Maschinenraum runtergegangen. Er hat gesehen, daß die Flutklappen geöffnet waren. Alles stand unter Wasser. Der Kapitän war auch im Maschinenraum. Später hat er Thore bedroht. Deshalb hat Thore auch nichts gesagt. Er hatte unheimliche Angst. Und dann war da noch was ...« Kai senkte wieder seinen Kopf ».. . mein Vater hat Thore gewarnt. Er hat ihm geraten, besonders gut aufzupassen und so schnell wie möglich in ein Rettungsboot zu gehen, falls der Kahn absaufen sollte. Mein Vater muß also etwas gewußt haben, sonst hätte er das nicht gesagt. Ich kenne meinen Vater.«

Kais Stimme kippte plötzlich.

Sternberg hielt einen Augenblick den Atem an.

Hoffentlich muß der Junge nicht noch Schlimmeres durchmachen, dachte er. Er ist viel zu tapfer.

Im nächsten Moment hatte Kai sich wieder gefangen. Er sah die beiden Kommissare ernst an.

»Mehr kann ich Ihnen nicht sagen. Aber ich hoffe, daß es Ihnen hilft, die Mörder meines Vaters zu finden.«

Carla erwiderte seinen Blick.

»Du bist also überzeugt, daß dein Vater ermordet wurde«, sagte sie ruhig.

»Ja!« antwortete Kai.

»Ich auch!« sagte Sternberg, als sie mit dem Dienstwagen zur Zentrale der Wasserschutzpolizei zurückfuhren.

»Was?« fragte Carla, die am Steuer saß.

»Ich glaube auch, daß Torsten Freese ermordet wurde. Ich weiß nur noch nicht genau, wie wir es beweisen können!« Sternberg zog seinen schwarzen Schal enger um den Hals.

Carla starrte grimmig auf die Straße.

»Wir haben nur eine Chance«, antwortete sie nach einer langen Pause.

»Und welche?« fragte Sternberg.

»Wir müssen uns die ›Martha‹ genauer ansehen. Und wir müssen die Leiche des Funkers finden.«

»Ja, darüber denke ich auch schon die ganze Zeit nach«, murmelte Sternberg. »Aber wenn sie tatsächlich in so großer Tiefe liegt, wie die Reederei angegeben hat, dann kommen wir da nie runter. Es könnte natürlich sein, daß sie nur in achtzig bis hundert Meter Tiefe liegt, dann könnten wir Polizeitaucher runterschicken.«

»Das herauszufinden dürfte ja nicht allzu schwer sein«, antwortete Carla. »Wir schicken einfach unsere Freunde von der Wasserschutzpolizei los und lassen das feststellen. Außerdem können wir noch hoffen, daß irgendein Mitglied der Crew so etwas wie ein Gewissen hat. Ich meine, Philip Sternberg, daß es hin und wieder auch richtige Menschen unter den Menschen gibt.«

Carla nahm mit Schwung die nächste Kurve.

»Meinst du das wirklich?« Sternberg grinste und zog den Kopf ein, weil Carla sehr knapp an einem parkenden Wagen vorbeifuhr.

»Ja!« rief sie und gab wieder Gas. »Deshalb mache ich ja diesen blödsinnigen Job. Ich gebe die Hoffnung einfach nicht auf. Und bisher hatte ich meistens Glück.«

Sie bremste scharf hinter einem Lastwagen, der unvermittelt nach rechts abbiegen wollte.

»Wenn du so weiterfährst, dann wirst du aber nicht mehr lange Glück haben – und ich auch nicht!« brummte Sternberg. »Ich habe allmählich den Eindruck, daß Fliegen wirklich weniger gefährlich ist als Autofahren.«

»Ich bin nur total wütend«, antwortete Carla. Mit kreischenden Bremsen hielt sie vor dem Gebäude der Wasserschutzpolizei.

»So!« sagte sie. »Jetzt fühle ich mich schon besser!«

»Das ist schön«, meinte Sternberg und öffnete erleichtert seinen Sicherheitsgurt. »Ich fühle mich jetzt auch besser, weil ich endlich aussteigen kann.«

Carla lachte.

Dann gingen sie in das Gebäude und eröffneten dem Dienststellenleiter ihren Plan, erneut ein Schiff hinauszuschicken und noch einmal zu überprüfen, in welcher Tiefe die »Martha« wirklich lag.

Zu ihrem Erstaunen war er sofort einverstanden.

»Die Sache mit dem Schiffsjungen gibt mir schwer zu denken«, sagte er. »Da steckt vermutlich mehr dahinter, als wir gedacht hatten.«

»Ja«, lächelte Sternberg vergnügt. »Es steckt häufig mehr hinter den Dingen, als man auf den ersten Blick meinen möchte.«

Der Dienststellenleiter sah ihn unsicher an. Er fand diesen Kommissar aus München manchmal ziemlich seltsam.

»Übrigens«, sagte Carla. »Hat die Sache mit dem Schiffsjungen eigentlich in den Zeitungen gestanden?«

»Ja – dick und breit. Das ist doch ein Ereignis hier oben. Es wurde auch spekuliert, ob es möglicherweise einen Zusammenhang mit dem Untergang der ›Martha‹ geben könnte.«

»Das ist sehr gut«, meinte Carla nachdenklich.

»Wieso?« fragte der Dienststellenleiter.

»Ach, nur wegen des guten Menschen, auf den ich warte«, antwortete Carla abwesend.

»Welchen guten Menschen?«

»Na der, ohne den nichts wirklich weitergeht!« sagte Sternberg an Carlas Stelle.

Der Dienststellenleiter schaute mit offenem Mund von Carla zu Sternberg.

»Wir könnten noch mal den Geschäftsführer der Seahawk-Reederei verhören«, sagte Sternberg. »Wir wissen jetzt genügend über die Situation in Spanien.«

Carla schaute abwesend auf den Hafen hinaus.

»Dir ist einfach nur langweilig«, antwortete sie.

»Ich hasse diese Warterei auf deinen guten Menschen und die Tiefenmessung unserer Kollegen!« Sternberg begann auf und ab zu gehen.

»Manchmal ist Warten das Sinnvollste«, meinte Carla ungerührt. »Man kann nachdenken. Ich bin sicher, daß uns niemand und nichts davonläuft. Seit wann bist du so ungeduldig?«

»Ich bin ja schon ruhig«, sagte Sternberg. »Ich werde einfach dir diesmal das Tempo überlassen, auch wenn es mir schwerfällt. Ich bin in letzter Zeit öfter ungeduldig. Ich werde jetzt zwei Kaffee bestellen, und dann lese ich die Zeitungen der letzten Tage. Heute abend können wir wieder italienisch essen gehen, und morgen machen wir einen Spaziergang am Hafen.«

Carla lächelte.

»Ich habe so ein Gefühl, als müßtest du gar keine Pläne für die Zeit des Wartens machen. Ich bin ziemlich sicher, daß der gute Mensch sich bald melden wird. Er hat sicher schon seit ein paar Tagen Bauchschmerzen, hat deshalb zuviel getrunken und hält sich selbst nicht mehr aus. Vermutlich wird er anrufen oder sogar persönlich hier erscheinen.«

»Bist du Hellseherin oder so etwas?« fragte Sternberg entgeistert. »So kenne ich dich gar nicht.«

Carla drehte sich zu ihm um.

»Es liegt an Thore«, sagte sie. »Vielmehr, es liegt an

Thore und Kai. Thore ist das unschuldige Opfer einer Verschwörung geworden und Kai eigentlich auch, denn er hat seinen Vater verloren. Für mich ist es nicht denkbar, daß unter der gesamten Mannschaft eines großen Schiffes nicht ein einziger Mensch ist, der sich irgendwie gegen so eine schlimme Sache wehrt. Es wäre wirklich entsetzlich, wenn es diesen einen oder vielleicht sogar zwei oder drei nicht geben würde.«

Carla stellte sich vor Sternberg.

»Kannst du dir vorstellen, daß sich wirklich keiner meldet?«

Sternberg unterbrach seine Wanderung und sah Carla lange an.

»Nein«, antwortete er schließlich. »Wahrscheinlich hast du recht.«

Carla holte tief Luft und gab ihm einen Kuß auf die Wange.

»Danke«, sagte sie.

Danach tranken sie Kaffee und warteten. Um fünf Uhr erreichte sie ein Funkspruch vom Kreuzer der Wasserschutzpolizei. Die »Martha« lag in einer Tiefe von fünfundneunzig Metern. Es würde also keine größeren Probleme bereiten, Taucher zu dem Wrack zu schicken.

Sternberg war froh, daß er endlich wieder etwas tun konnte. Gemeinsam mit einigen Kollegen bereitete er die Tauchexpedition vor. Das Wetter war günstig, die See war ruhig und würde es auch in den nächsten Tagen bleiben.

Carla beteiligte sich nicht an den Aktivitäten ihrer Kollegen. Sie wartete. Zwischendurch rief sie im Krankenhaus an und erkundigte sich nach Thores Zustand.

Ein Arzt erklärte ihr, Thore sei inzwischen bei vollem Bewußtsein, aber er brauche noch viel Ruhe und dürfe auf keinen Fall verhört werden.

Carla legte die Beine auf die Fensterbank und lockerte ihre Schultern.

»Du hast vielleicht Nerven«, sagte Sternberg, als er zufällig vorüberkam.

»Du irrst dich!« rief Carla hinter ihm her. »Ich bin total nervös und verliere allmählich den Glauben an die Menschheit!«

Carla beobachtete, wie die Sonne über dem Hafen unterging. Ab und zu sah sie beschwörend das Telefon an.

Inzwischen hatte der Schichtwechsel stattgefunden. Sternberg telefonierte in einem der Büros mit einem erfahrenen Polizeitaucher. Carla trank ihren fünften Kaffee und aß ein Krabbenbrötchen dazu. Eigentlich hatte sie keinen Hunger. Ihr war eher ein wenig übel von dem Kaffee und der inneren Anspannung.

Inzwischen war es neun Uhr abends. Carla warf einen letzten Blick über den dunklen Hafen, dann stand sie seufzend auf. Sie wollte gerade zu Sternberg gehen, um ihm zu sagen, daß es wohl keinen Sinn mehr habe, zu warten, als ein Kollege der Wasserschutzpolizei ins Zimmer trat.

»Da ist ein Mann draußen, der will unbedingt einen der Umweltkommissare sprechen. Ich werde nicht ganz schlau aus ihm. Außerdem scheint er ein bißchen betrunken zu sein.«

»Bringen Sie ihn rein!« sagte Carla begeistert. »Ich warte schon seit heute mittag auf ihn.«

»Was?« fragte der junge Beamte.

»Ja, sie haben richtig verstanden. Los, worauf warten Sie noch?«

Der Polizeibeamte verschwand kopfschüttelnd.

»Philip!« rief Carla. »Philip Sternberg!«

Sternberg erschien in der zweiten Tür, einen Telefonhörer in der Hand.

»Er ist da!«

»Wer?« fragte Sternberg.

»Der gute Mensch!«

»Komme sofort!« Sternberg schloß leise die Tür.

Der Mann, der kurz darauf vor Carla stand, war tatsächlich ziemlich betrunken. Er schwankte leicht und roch nicht besonders gut. Er war ungefähr dreißig Jahre alt, doch sein Gesicht trug bereits tiefe Furchen. Er war kräftig und groß, trug Jeans und einen dunkelblauen Seemannspullover. Um seinen Hals hatte er ein rotes Tuch mit weißen Punkten geschlungen, und auf dem Kopf saß eine Baseballmütze, die eigentlich nicht zu ihm paßte.

Carla hielt ihm die Hand zur Begrüßung entgegen. Er nahm sie vorsichtig und drückte sie leicht. Seine Hand fühlte sich rauh und schwielig an.

»Setzen Sie sich«, sagte Carla. »Ich bin Kommissarin Baran vom Umweltdezernat. Sie wollten mich sprechen?«

Der Mann setzte sich, oder besser, er fiel fast auf den Stuhl, den Carla ihm hinschob.

»Ich wußte nicht, daß Sie eine Frau sind«, sagte er undeutlich. »Aber es macht nichts. Ich muß Sie sprechen. Ich muß Sie sogar unbedingt sprechen.«

»Ich höre Ihnen gern zu«, antwortete Carla. »Worum geht es denn, und wer sind Sie überhaupt?«

»Wer ich bin? Ach, das ist eigentlich nicht so wichtig«, nuschelte der Mann.

»Nein, es ist nicht so wichtig«, bestätigte Carla.

Der Mann sah erstaunt auf.

»Wieso? Natürlich ist es wichtig! Ich bin Carsten Lehninger und Matrose auf der ›Martha‹... na ja, ich war Matrose auf der ›Martha‹. Die gibt's ja nun nicht mehr.«

»Nein«, sagte Carla.

Der Matrose rutschte unbehaglich in seinem Stuhl hin und her.

»Ich wollte Ihnen nur eine Sache sagen. Ich meine, es ist wegen dem Jungen. Wegen Thore Petersen und auch wegen Torsten Freese. Freese war ein feiner Kerl. Vielleicht war er der einzige feine Kerl auf dem verdammten Schiff, außer Thore natürlich. Aber Thore war ja noch fast ein Kind.«

»Ja«, sagte Carla. »Thore ist noch fast ein Kind.«

Sie warf einen schnellen Blick zur Tür. Sternberg blieb ruhig stehen, und Carla nickte leicht.

»Wissen Sie, ich finde, es ist eine Schweinerei, was da passiert ist. Und ich will Ihnen mal was sagen. Ich hab was gehört. Einen Abend, bevor die ›Martha‹ abgesoffen ist. Da hat der Kapitän Freese angeschrien. Ich kann mich noch genau daran erinnern.«

Carsten Lehninger senkte den Kopf und nahm die Baseballmütze ab.

»Was hat er denn geschrien?« fragte Carla leise.

»Das kann ich Ihnen genau sagen! ›Wenn du auch nur einen Ton sagst, dann mach ich dich fertig!‹ Das hat er geschrien!«

Der Matrose schwankte wieder und rieb heftig seine dichten, kurzen Haare.

»Was hat er denn damit gemeint?« fragte Carla.

Lehninger starrte sie an und wies dann mit einem Finger auf sie.

»Wissen Sie, was ich glaube? Die haben die ›Martha‹ absichtlich absaufen lassen, und Freese hat davon Wind bekommen. Und wahrscheinlich hat auch Thore was gewußt. Die Seahawk, das ist keine gute Reederei, müssen Sie wissen. Das ist ein Haufen von Verbrechern. Denen ist es ganz egal, wohin der Dreck kommt, den sie rumfahren. Hauptsache, die Kohle stimmt.«

Der Matrose erhob sich mühsam, hielt sich am Schreibtisch fest.

»Das war alles, was ich sagen wollte. Ich hoffe nur, daß der Junge durchkommt und daß Sie Kemper erwischen und die Kerle von der Reederei.«

Er bewegte sich unsicher zur Tür. Sternberg verschwand blitzschnell.

»Da ist übrigens noch was«, sagte Lehninger plötzlich. »Sie sollten mal dem Maschinisten auf den Zahn fühlen. Der war immer ganz dick mit dem Käpt'n.«

Carla folgte dem Mann zur Tür.

»Danke!« sagte sie.

»Wofür?«

»Ach, Sie haben nur meinen Glauben an die Menschheit wiederhergestellt.« Carla lächelte ihn an.

Der Matrose schüttelte den Kopf und hätte beinahe das Gleichgewicht verloren. Carla fing ihn auf und brachte ihn zur Tür.

»Sehen Sie zu, daß Herr Lehninger gut nach Hause kommt!« rief sie dem Kollegen zu. »Ich möchte, daß er mit einem Wagen zurückgebracht wird.«

»Wir sind doch kein Taxiunternehmen für Besoffene«, antwortete der junge Polizist ärgerlich.

»Sie werden ihn nach Hause bringen«, sagte Carla bestimmt. »Er ist ein wichtiger Zeuge!«

Sie schloß die Tür mit einem Knall. Dann ging sie zum Schreibtisch und drückte auf die Stoptaste des Tonbandgeräts, das sie hatte mitlaufen lassen.

Sternberg streckte seinen Kopf ins Zimmer.

»Kann ich jetzt reinkommen?« fragte er.

»Ja«, sagte Carla. »Er ist weg. Der besoffene gute

Mensch ist weg. Er ist zwar kein Musterexemplar eines guten Menschen, aber wahrscheinlich sind die meisten guten Menschen so ähnlich wie er.«

»Ja«, lächelte Sternberg, »das glaube ich auch. Und was machen wir jetzt, Frau Kommissarin?«

»Jetzt stellen wir einen Haftbefehl für Kapitän Kemper wegen des Verdachts schwerer Körperverletzung und Mordversuchs aus und nehmen ihn vorläufig fest. Ich bin sicher, daß er den Maschinisten, falls dieser wirklich beteiligt ist, dann belasten wird. Außerdem wird er vermutlich über die Hintermänner bei der Seahawk reden.«

Es war Tommasini, der Carla und Sternberg auf der Fahrt zur Wohnung von Kapitän Kemper begleitete. Er hatte seine Wache vor Thores Krankenzimmer beendet und war von einem Kollegen abgelöst worden. Als er zur Zentrale der Wasserschutzpolizei zurückkehrte, fand er Carla und Sternberg, die gerade losfahren wollten.

»Ich will mit«, hatte er gesagt. »Ich bin zwar eigentlich nicht mehr im Dienst, aber ich will dabeisein, wenn dieser miese Kerl geschnappt wird.«

»Gut«, hatte Sternberg geantwortet. »Aber denken Sie daran, daß der Kapitän nur unter Verdacht steht und noch nicht überführt oder verurteilt ist.«

»Jaja«, hatte Tommasini geantwortet. »Das steht in jedem Lehrbuch für Polizeibeamte.«

»Dann ist es ja gut«, hatte Sternberg gesagt.

Und sie fuhren schweigend durch die Nacht. Der Kapitän wohnte in einem kleinen Ort in der Nähe von Emden. Tommasini saß am Steuer, denn er kannte sich am besten aus. Sie mußten trotz allem eine Weile suchen, ehe sie die Straße fanden, in der sich das Haus des Kapitäns befand.

»Hier ist es«, sagte Tommasini schließlich. Sie parkten vor einem weißen Bungalow mit eindrucksvoller Auffahrt. Es war durchaus kein bescheidenes Klinkerhaus wie die anderen in der Straße.

»Und jetzt?« fragte Tommasini.

»Jetzt gehen wir rein«, antwortete Sternberg. »Sie gehen hinter das Haus, und wir beide klingeln.«

»Ich würde auch lieber vorn reingehen«, murrte Tommasini, doch dann verschwand er lautlos im Garten.

Sternberg und Carla gingen langsam die Auffahrt hinauf zum erleuchteten Eingang des Hauses. Carla spürte, wie Sternbergs Körper sich anspannte. Sie selbst fühlte jeden Muskel. Sie wußte, daß sie in der Lage war, jeden überraschenden Angriff abzuwehren. Vor der Haustür blieben sie einen Augenblick stehen. Sie atmeten tief und bewußt. All das hatten sie tausendmal geübt. Carla hob schließlich ihre Hand und drückte auf den Klingelknopf.

Ein Hund bellte, dann hörten sie Schritte. Als sich die Tür öffnete, standen sie Kapitän Kemper gegenüber. Er hatte Pantoffeln an und war mit einer weichen Hausjacke bekleidet.

»Ja?« fragte er.

»Kapitän«, sagte Sternberg und zeigte ihm seinen Polizeiausweis, »dürfen wir für einen Augenblick hereinkommen?«

Kemper überlegte kurz.

»Wenn es unbedingt sein muß«, antwortete er dann.

Sie folgten ihm in den Hausflur, der eher einer kleinen Eingangshalle glich. Goldgerahmte Spiegel hingen an den Wänden und Ölgemälde von Schiffen im Sturm. Kempers Ehefrau erschien im Hintergrund. Sie hielt einen kleinen Hund auf dem Arm, der wütend kläffte.

»Was kann ich für Sie tun?« fragte Kemper und wies seine Frau mit einer ungeduldigen Bewegung an, zu verschwinden. Sie reagierte nicht, sondern blieb stehen.

»Herr Kemper«, sagte Carla ruhig. »Wir haben einen Haftbefehl gegen Sie, der vom Untersuchungsrichter in Emden unterzeichnet worden ist. Er lautet auf Mordversuch und schwere Körperverletzung. Er beruht auf den Aussagen des Schiffsjungen Thore Petersen und des Matrosen Carsten Lehninger. Sie haben das Recht, jede Aussage zu verweigern und einen Rechtsbeistand zu wählen.«

Kemper wich zurück und hielt sich an einer Kommode fest.

»Wie kommen Sie denn auf so einen Quatsch?« fragte er mit heiserer Stimme.

»Thore Petersen ist von einem Auto angefahren worden. Zuvor hatten Sie ihn massiv bedroht. Es liegt doch nahe, daß wir Sie als Täter in Betracht ziehen. Wir nehmen allerdings an, daß Sie nicht allein waren, sondern mindestens einen Komplizen bei dem Anschlag hatten.«

Kemper wich noch weiter zurück. Er stieß gegen seine Frau, schubste sie plötzlich heftig zur Seite und flüchtete in die hinteren Räume des Hauses. Frau Kemper stolperte und ließ den Hund fallen. Er rannte auf Sternberg zu und verbiß sich in seinem Hosenbein. Sternberg versuchte, das Tier abzuschütteln. Es war nur ein winziger Yorkshireterrier, doch er ließ die Hose nicht los. Carla folgte Kemper. Sie lief durch das riesige Wohnzimmer bis zur offenen Terrassentür. Der Fernseher war eingeschaltet, doch sein Bild flackerte ohne Ton. Carla blieb neben der Terrassentür stehen und lauschte nach draußen. Sie hörte einen dumpfen Fall und unterdrücktes Fluchen. Sie suchte nach dem Lichtschalter für die Terrassenbeleuchtung und fand ihn endlich neben der Tür. Im Garten wurde es plötzlich sehr hell. Kemper lag auf dem Rasen, Tommasini beugte sich gerade über ihn.

Carla lief hinaus. Tommasini legte Kemper Handschellen an.

»Danke für die Beleuchtung«, sagte er keuchend und zog den Kapitän auf die Beine.

Kemper stand mit hängenden Armen vor ihnen. Sein Kopf war hochrot.

»Ich werde mit Ihnen kommen«, sagte er laut. »Aber ich verweigere jede Aussage!«

Thore hatte in dieser Nacht geschlafen. Er war nicht wieder in eine Ohnmacht gefallen. Als er am nächsten Morgen erwachte, fühlte er sich noch immer seltsam. Sein Kopf schmerzte, und er hörte ein Summen, das er nicht einordnen konnte. Er bewegte sich ein wenig und drehte sich zur Seite. Seine Brust tat ebenfalls weh, und es fiel ihm schwer, zu atmen. Als er seine Augen öffnete, sah er Anna neben sich auf einem Feldbett liegen. Sie richtete sich sofort auf und sah ihn aufmerksam an.

»Hallo, Thore«, sagte sie. »Wie geht es dir?«

»Ich weiß nicht«, murmelte Thore.

Er schloß seine Augen wieder und dachte nach. Er war im Krankenhaus, aber was machte Anna hier?

»Waren Sie die ganze Zeit hier?« fragte er langsam.

»Nicht die ganze Zeit«, antwortete Anna. »Wenn ich mich ausgeruht habe, dann war Kai bei dir.«

Thore blieb ganz still liegen. Er versuchte, Annas Worte in sich aufzunehmen. Anna und Kai waren also immer bei ihm gewesen.

»Wie lange liege ich schon im Krankenhaus?« fragte er nach einiger Zeit.

»Seit vier Tagen.«

Plötzlich versuchte Thore sich aufzurichten.

»Bleib liegen!« sagte Anna erschrocken und hielt ihn fest. »Was hast du denn?«

»Ich muß mit dieser Kommissarin reden, die bei mir war. Ich muß ihr sagen, was ich weiß. Es ist ganz wichtig. Es geht um Torsten Freese!«

Anna spürte, daß Tränen in ihre Augen traten. Sie hielt Thore fest. Er durfte sich nicht heftig bewegen.

»Was willst du der Kommissarin denn sagen, Thore?« fragte sie leise.

»Es sind Mörder«, flüsterte Thore. »Sie haben Torsten umgebracht.«

Anna senkte den Kopf. Tränen liefen über ihre Wangen.

»Ich werde die Kommissarin holen, Thore. Mach dir keine Sorgen. Es wird alles gut werden.«

Thore sank in die Kissen zurück. Anna hielt seine Hand fest und schaute aus dem Fenster auf die Marschwiesen hinaus.

Zwei Schiffe der Wasserschutzpolizei liefen am Morgen aus dem Hafen von Emden aus. Sie nahmen Kurs auf die Stelle, an der die »Martha« untergegangen war. An Bord waren außer den Beamten auch Spezialtaucher mit ihren Ausrüstungen. Philip Sternberg und Carla standen am Bug eines der Schiffe. Der Morgen war klar, und nachdem sie die offene See erreicht hatten, konnten sie meilenweit sehen.

Möwen begleiteten die Schiffe bis zu den Inseln, die der Küste vorgelagert waren. Einige Möwen wechselten zu den Fischkuttern über, die von ihrer nächtlichen Fahrt zurückkehrten. Später tauchten am Horizont die Aufbauten von Frachtschiffen auf, die nach Hamburg oder England unterwegs waren.

Die beiden Polizeischiffe erreichten ihr Ziel nach fünf Stunden. Mit Hilfe von Radar und Echolot bestimmten die Kollegen von der Wasserschutzpolizei ihren genauen Ankerplatz. Dann gingen die Taucher an ihre Arbeit.

Die See war ruhig. Nur wenige flache Wellen bewegten die Schiffe, ließen sie sanft rollen.

»Wir sind genau über der ›Martha‹«, erklärte der Schiffsführer. »Wenn das Wetter weiterhin so gut bleibt, dann dürfte die Tauchaktion keine Schwierigkeiten machen.«

Sternberg und Carla sahen den Tauchern bei ihren Vorbereitungen zu. Schläuche und Leinen wurden ausgelegt.

Die Anzüge und Spezialhelme wurden überprüft. Man hatte beschlossen, zur Sicherheit auch eine Taucherglocke mit nach unten zu nehmen.

Nach zwei Stunden gingen endlich die Taucher ins Wasser. Inzwischen war es Mittag geworden. Fünf Taucher wollten zur »Martha« hinunter und versuchen, den Funker zu finden. Außerdem hatten sie vor, die Flutklappen zu überprüfen oder ein mögliches Leck zu suchen.

Carla beobachtete gespannt, wie die Taucher im Wasser verschwanden. Gluckernd schloß sich die Wasseroberfläche über ihren Köpfen. Einige Minuten lang konnte man noch ihre dunklen Körper sehen, doch dann lag das Meer da wie immer. Nur die Leinen und Schläuche, die vom Schiff ins Wasser hingen, deuteten darauf hin, daß unter Wasser etwas geschah.

»Es wird eine Weile dauern, bis sie unten sind«, sagte der Skipper, der Heinson hieß und so blond war, wie sich das für einen Skipper gehört.

»Warten«, sagte Sternberg dicht an Carlas Ohr.

»Ja, warten – wie immer«, antwortete sie und lächelte ihn an.

»Möchtest du da runter?« fragte Sternberg.

»Nein!« Carla schüttelte sich ein wenig. »Ich fürchte mich vor tiefen, dunklen Gewässern. Ich schnorchle ganz gern, wenn die Sonne den Grund noch erreichen kann. Aber sobald das Meer dunkel wird, bekomme ich Angst. Ich stelle mir dann immer irgendwelche Ungeheuer vor, die plötzlich aus der Tiefe kommen, oder Haie, Riesenkraken.«

»Mir geht es genauso«, sagte Sternberg. »Taucher sind für mich richtige Helden.«

Carla nickte.

»Was machen wir eigentlich, wenn sie nichts finden?« fragte Sternberg plötzlich. »Wenn Thore nicht selbst aussagt, dann müssen wir Kemper wieder laufenlassen.«

Carla schloß die Augen. Die Sonne war stark, brannte auf ihrem Gesicht. Der salzige Wind schmerzte in ihren Ohren.

»Sie werden etwas finden«, sagte sie leise. »Und Thore wird selbst aussagen. Da bin ich ganz sicher.«

Nach drei Stunden meldeten die Taucher, daß sie Torsten Freese gefunden hätten. Sie gaben Anweisung, die Leinen einzuholen. Jetzt kam Bewegung in die Mannschaft. Langsam wurden die Leinen eingerollt. Sternberg und Carla standen an der Reling und starrten ins Wasser.

»Ich möchte ihn nicht sehen«, sagte Carla plötzlich.

»Ich auch nicht«, antwortete Sternberg. »Aber es wird uns nichts anderes übrigbleiben, als wenigstens einen kurzen Blick auf ihn zu werfen.«

Er legte seinen Arm um Carlas Schultern.

Unter der Wasseroberfläche wurde langsam ein dunkler Umriß sichtbar.

»Vorsichtig und langsam!« rief Heinson, der neben Sternberg und Carla stand. Die Männer an den Leinen arbeiteten langsamer. Zwei Männer saßen bereits im Beiboot und warteten dicht an der Bordwand. Sie ergriffen die Leinen und holten behutsam den dunklen Gegenstand zu sich heran, hievten ihn mit Mühe in ihr Boot.

Carla wagte einen Blick. Sie atmete auf. Die Taucher hatten Torsten Freese in eine Plane eingewickelt.

Wenig später kehrten auch die Taucher an Bord zurück. Naß und keuchend standen sie an Deck, schwarze Fischmenschen mit Flossen und glänzender Haut, die kleine Seen an Deck hinterließen.

»Die Flutklappen waren offen«, berichtete ihr Anführer, nachdem er seinen Schutzhelm abgelegt hatte. »Das Schiff wurde eindeutig versenkt.«

»Und der Funker? Wo haben Sie ihn gefunden?« fragte Carla atemlos.

Der Taucher wischte sich die Nase und rieb seine Augen.

»Tja«, sagte er schließlich. »Das ist eine ziemlich üble Geschichte. Wir haben ihn in seiner Kabine gefunden. Und es ist kein Wunder, daß er nicht in eine der Rettungsinseln gekommen ist. Die Funkerkabine war von außen verschlossen. Der Mann hatte keine Chance.«

»Von außen verschlossen«, wiederholte Carla schaudernd.

»Ja«, sagte der Taucher. »Es sieht aus wie Mord.«

»Es sieht nicht nur aus wie Mord, es ist Mord, und beinahe wäre es ein zweifacher Mord geworden.« Sternberg hielt sich mit beiden Händen an der Reling fest. »Und es ist gefährliche Körperverletzung in mehreren tausend Fällen.«

»Wieso?« fragte der Taucher.

»Weil diese Verbrecher eine spanische Stadt mit Batterieschredder zugeschüttet haben.«

Der Taucher senkte den Kopf und begann seinen Anzug auszuziehen.

»Man müßte versuchen, die Ladung der ›Martha‹ zu bergen«, sagte er. »Das Zeug wird auch der Nordsee nicht guttun.«

Später legten sie den Körper von Torsten Freese behutsam in einen Zinksarg, der an Bord bereitstand. Fast wortlos kehrten die beiden Mannschaften mit ihren Schiffen nach Emden zurück. Es war bereits dunkel, als sie den Hafen wieder erreichten.

Carla und Sternberg waren müde, als sie die Dienststelle der Wasserschutzpolizei betraten. Tommasini kam ihnen entgegen.

»Ich weiß schon Bescheid«, sagte er. »Hier gibt es nicht viel Neues. Kemper verweigert nach wie vor jede Aussage. Aber es ist doch etwas geschehen. Thore fragt nach Ihnen, Frau Baran. Er war den ganzen Tag bei vollem Bewußtsein, wirkt jedoch sehr unruhig. Die Ärzte haben deshalb ihr Einverständnis gegeben, daß Sie mit dem Jungen sprechen.«

Tommasini betrachtete Carlas müdes Gesicht.

»Es muß noch heute abend sein«, meinte er bedauernd. »Der Junge wird sonst nicht zur Ruhe kommen.«

»Aber klar«, antwortete Carla. »Ich möchte nur schnell noch einen Kaffee trinken, und dann wüßte ich gern den Aufenthaltsort des Maschinisten der ›Martha‹. Haben die Kollegen den Mann ausfindig gemacht?«

Tommasini nickte.

»Wir wissen, wo er wohnt. Das Haus wurde heute beobachtet, doch wir haben bisher noch keine Spur von dem Mann gesehen.«

»Lassen Sie das Haus weiter beobachten«, sagte Carla, »und bringen Sie mir bitte einen Kaffee.«

Tommasini tippte sich mit zwei Fingern an die Stirn, grinste und verschwand.

Sternberg ließ sich auf einen Stuhl fallen.

»Ich würde den Jungen auch gern sehen«, sagte er.

Carla warf ihm einen prüfenden Blick zu.

»Was ist los?« fragte sie.

Sternberg runzelte leicht die Stirn.

»Ich weiß nicht genau«, antwortete er. »Es hängt irgendwie mit Thore zusammen. Ich fühle mich an einem wesentlichen Punkt dieses Falles einfach komplett draußen. Es kommt mir zwar dumm vor, wenn ich das sage, aber es macht mir schon seit ein paar Tagen zu schaffen.«

»Aber Philip!« Carla setzte sich neben ihn.

»Es ist nicht so schlimm.« Er versuchte ein schiefes Lächeln. »Dieser Fall deprimiert mich ohnehin allmählich. Ich möchte ihn endlich abschließen und hier weg.«

»Philip Sternberg«, sagte Carla ernst. »Es war reiner Zufall, daß ich mit Thore gesprochen habe und nicht du.«

»Nein«, antwortete er. »Du wolltest mit Thore sprechen, und du hattest genau das richtige Gefühl, nämlich daß er die Schlüsselfigur dieses Falles sein würde. Ich habe mich einfach nicht so richtig auf die Sache eingelassen. Ich glaube, daß ich Urlaub brauche.«

»Philip Sternberg!« wiederholte Carla. »Du mußt nicht immer der große Durchblicker sein. Du kannst ruhig auch mal lustlos und müde in einem Fall herumstochern. Schließlich sind wir ein Team. Was ist denn mit dir los?«

In diesem Augenblick kam Tommasini mit dem Kaffee zurück.

»Ist was?« fragte er unsicher. »Soll ich wieder rausgehen?«

»Nein, nein«, murmelte Sternberg. »Ich habe nur gerade eine Krise, aber das ist schließlich meine Angelegenheit.«

Tommasini stellte die Pappbecher vorsichtig auf dem Tisch ab.

»Es war kein frischer Kaffee mehr da, deshalb habe ich den aus dem Automaten genommen. Tut mir leid.«

Sternberg griff nach einem Becher und nippte vorsichtig. Dann wischte er seinen Schnurrbart ab.

»Was ist eigentlich mit den Eltern von diesem Schiffsjungen?« fragte er plötzlich. »Er muß doch auch Eltern haben. Aber ich habe noch nie etwas von ihnen gehört. Auch im Krankenhaus scheinen sie noch nicht gewesen zu sein.«

Tommasini und Carla räusperten sich gleichzeitig.

»Erzählen Sie zuerst«, sagte Carla. »Wahrscheinlich wissen Sie mehr als ich.«

»Viel weiß ich auch nicht«, meinte Tommasini. »Ich habe mich nur mal länger mit Anna Freese unterhalten, als ich vor dem Krankenzimmer Wache stand. Thore ist offensichtlich vor ein paar Tagen von zu Hause weggelaufen und zu den Freeses gezogen. Sein Vater ist ein brutaler Schläger und Säufer. Seine Mutter scheint eine verschreckte Frau zu sein, die ihrem Mann völlig ergeben ist. Nachdem Thore von zu Hause fort war, hat Petersen geschworen, daß er seinen Sohn nie mehr sehen will. Das hat er bis heute durchgehalten, obwohl er weiß, daß Thore schwer verletzt im Krankenhaus liegt. Allerdings ist Thores Mutter einmal erschienen. Sie hat ebenfalls lange mit Anna Freese gesprochen. Worüber, das weiß ich nicht.«

Tommasini trank ebenfalls vorsichtig von dem heißen Kaffee.

»Danke«, sagte Sternberg und wandte sich zu Carla. »Und was weißt du von Thores Eltern?«

»Ich habe wenig von ihnen gesehen, als ich in Eysum war. Petersen saß in der Küche, aber er kam nicht heraus, um mich zu begrüßen. Thore war sehr unruhig, aber ich habe das vor allem auf seine Angst vor einer Aussage zurückgeführt. Wahrscheinlich hatte er auch Angst vor seinem Vater.«

Sternberg nickte nachdenklich.

»Dann hat der Kapitän ja den Richtigen für seine Drohungen gefunden«, meinte er. »Ein Junge, der jahrelang von einem gewalttätigen Vater bedroht wird, ist ziemlich wehrlos, wenn sich seine Erfahrungen ständig wiederholen. Es ist wirklich kein Wunder, daß er nichts aussagen wollte.«

Carla lächelte ihm zu.

»So sehe ich das auch«, sagte sie. »Aber jetzt möchte ich ins Krankenhaus fahren und mit Thore sprechen. Es ist schon spät. Er braucht seinen Schlaf, um gesund zu werden.«

»Ich kümmere mich inzwischen um den Maschinisten.« Sternberg stand seufzend auf und räkelte sich. »Kommen Sie mit, Tommasini?«

Der junge Polizeibeamte nickte.

Kurz darauf stand Carla vor Thores Krankenzimmer. Das grelle Neonlicht im Flur blendete sie.

»Sie können rein«, sagte der Polizeibeamte, der das Zimmer bewachte. »Der Arzt hat das ausdrücklich betont. Hinterher sollen Sie zu ihm kommen. Er hat Nachtdienst und sitzt hinten im Ärztezimmer.«

»Schläft Thore schon?« fragte Carla beklommen.

»Sicher nicht«, meinte der Beamte. »Er wartet schon seit Stunden nur auf Sie.«

»Ist er allein?«

»Im Augenblick ja. Später wird Kai Freese kommen und die Nacht auf dem Feldbett verbringen.«

Carla legte zögernd ihre Hand auf die Türklinke. Ihr Herz klopfte ein wenig schneller.

Ich muß genau das Richtige tun und sagen, dachte sie. Wahrscheinlich ist es ungeheuer wichtig für Thore.

»Na, trauen Sie sich nur«, sagte der Polizist. »Der Junge wird sich freuen, wenn er Sie sieht. Ich spüre es schon durch die Tür, wie sehr er wartet. Ich bin selbst schon ganz ungeduldig geworden.«

Carla drückte auf die Klinke und öffnete die Tür. Neben Thores Bett brannte nur eine kleine Lampe, die einen warmen Lichtschein um das Gesicht des Jungen legte. Thore lag ganz still, doch seine Augen waren auf die Tür gerichtet.

»Hallo, Thore«, sagte Carla leise.

»Hallo«, antwortete Thore fast unhörbar.

Carla schloß die Tür hinter sich und ging zum Bett. Sie zog einen Stuhl heran und setzte sich ganz nahe zu Thore.

»Du wolltest mich sprechen«, sagte sie.

»Ja«, flüsterte Thore. »Warum kommen Sie erst jetzt?«

»Ich konnte nicht früher kommen. Wir waren heute nicht in Emden, und ich habe erst vor einer halben Stunde erfahren, daß du auf mich wartest.«

Thore schloß seine Augen.

»Sie haben Torsten Freese heraufgeholt, nicht wahr?«

»Wie kommst du auf so eine Idee?« fragte Carla.

»Sie müssen mir nichts vormachen, weil ich krank bin«, flüsterte Thore. »Ich muß es wissen. Ich habe den ganzen Tag den toten Torsten Freese in seiner Funkerkabine gesehen. Jedesmal, wenn ich die Augen zugemacht habe. Er wird erst weggehen, wenn ich weiß, daß Sie ihn gefunden haben.«

Carla versuchte ruhig zu atmen. Ihre Gedanken rasten. Konnte sie Thore wirklich sagen, daß sie Freese geborgen hatten? Würde es ihn nicht zu sehr aufregen?

Plötzlich spürte sie Thores Hand auf ihrer eigenen Hand. Der leichte Druck glich einer Bitte. Carla wußte, worum Thore sie bat.

»Ja«, antwortete sie. »Wir haben Torsten Freese geborgen.«

Thore lag eine Weile ganz still.

»Er wurde ermordet«, sagte er dann sehr deutlich.

»Ja, er wurde ermordet.« Carla hielt Thores Hand fest.

»Ich wußte es.« Thores Stimme wurde wieder leiser. »Ich habe es nur nicht zugelassen, daß ich es wußte. Ich war zu feige.«

Thore drehte sein Gesicht langsam zur Seite.

»Du hattest Angst, Thore«, sagte Carla. »Wenn man Angst hat, dann kann man manche Dinge nicht so genau sehen.«

Thores Mund verzog sich schmerzlich. Er öffnete wieder seine Augen. Sein Blick schien von weit her zu kommen.

»Ich will Ihnen alles sagen!« Seine Stimme klang auf einmal fest und stark. »Ich habe keine Angst mehr. Ich werde Ihnen sagen, was ich nicht einmal Kai gesagt habe. Er wollte die ganze Zeit, daß ich zur Polizei gehe und eine Aussage mache. Aber ich konnte einfach nicht.«

Thore holte tief Atem.

»Kai hat mir erzählt, daß Sie schon von der Sache mit den Flutklappen wissen. Es ist auch in Ordnung, daß er es gesagt hat. Aber da ist noch etwas. Ich habe gehört, wie der Kapitän und Torsten Freese sich gestritten haben. Ich habe alles gehört. Freese hatte herausbekommen, daß die ›Martha‹ versenkt werden sollte. Es ging um die Beseitigung von dem Dreck und um die Versicherung. Es war eine Absprache zwischen der Reederei und dem Kapitän.«

Thore bewegte sich unruhig hin und her.

»Thore«, sagte Carla. »Wenn es dich zu sehr anstrengt, dann warten wir bis morgen.«

»Nein«, flüsterte Thore, »ich will es jetzt sagen.«

»Gut, aber laß dir Zeit. Wir haben den Kapitän bereits verhaftet. Du brauchst wirklich keine Angst mehr zu haben.«

Ein schwaches Lächeln erschien jetzt auf Thores Gesicht.

»Ich habe wirklich keine Angst mehr«, sagte er.

Carla wartete, bis Thore weitersprechen konnte.

»Freese wollte das nicht mitmachen. Er sagte dem Kapitän, daß er zur Polizei gehen würde und daß die ganze Angelegenheit in Spanien auch schon kriminell sei. Es war ein böser Streit. Kapitän Kemper hat Freese zum Schluß nur noch angeschrien.«

»Was hat er denn geschrien?« fragte Carla.

Thore stöhnte leise auf.

»Wenn du zur Polizei gehst, dann mach ich dich fertig! Das hat er geschrien.«

Carla streichelte Thores Hand.

»Und dann hat er dich bedroht, nicht wahr?«

»Ja«, flüsterte Thore.

»Ich danke dir«, sagte Carla.

Thore sah sie aufmerksam und zweifelnd an.

»Aber ist es nicht zu spät?« fragte er traurig.

»Nein.« Carla schüttelte den Kopf. »Es ist nicht zu spät, und es ist ganz wichtig, denn ohne deine Aussage wäre es nicht ganz einfach, den Kapitän und auch die anderen zu überführen. Es ist nur ein bißchen spät für dich selbst. Wenn du früher etwas gesagt hättest, dann müßtest du vielleicht nicht hier liegen.«

Thores Augen verdunkelten sich.

»Nein«, sagte er leise. »Ich hätte meine Angst sonst nie verloren.«

»Wie hast du denn deine Angst verloren?« fragte Carla erstaunt.

»Das kann ich Ihnen jetzt nicht sagen«, antwortete Thore. Er schloß wieder seine Augen. Sein Gesicht sah entspannt und fast rosig aus.

»Ich würde gern schlafen«, flüsterte er.

»Schlaf nur, Thore«, lächelte Carla. »Es ist ja schon spät. Aber ich habe heute noch eine Menge zu tun.«

Sie drückte seine Hand und ging zur Tür.

Thores Stimme rief sie noch mal zurück.

»Ich habe noch etwas vergessen«, sagte er. »Bei dem Streit war auch der Maschinist dabei, das habe ich ganz deutlich gesehen.«

Carla nickte und schloß leise die Tür hinter sich.

»Alles klar?« fragte der Polizist.

»Alles klar!« antwortete sie.

»Gott sei Dank!«

Carla lächelte ihm zu und lief dann zum Ärztezimmer.

Als Kai kurz darauf in Thores Zimmer kam, fand er seinen Freund im Halbschlaf.

»Bist du in Ordnung?« fragte er.

Der Polizist hatte ihm bereits erzählt, daß Carla bei Thore gewesen war.

Thore sah Kai an.

»Dein Vater wurde ermordet«, flüsterte er. »Es tut so weh!«

Kai hielt den Atem an, aber er ließ seine Gefühle nicht zu. Es ging um Thore.

»Was tut dir weh?« fragte er erschrocken.

»Nicht der Kopf«, antwortete Thore, »mein Herz. Ich habe deinen Vater so sehr gemocht. Er war einer von denen, die mir die Angst genommen haben.«

Kai setzte sich auf das Feldbett. Sein Körper krümmte sich zusammen, und er begann zu weinen. Nach all den Wochen der Anspannung brachen die Tränen aus ihm heraus. Er schluchzte.

Thore schaute seinen Freund an. Er konnte nicht zu ihm gehen und ihn trösten. Auch über sein Gesicht liefen Tränen. Thore tastete nach Kais Hand. Gemeinsam weinten die beiden, bis sie vor Erschöpfung und Trauer einschliefen.

So fand sie der Arzt, der spät noch seine Runde machte. Er deckte Kai zu und löschte das Licht.

Kurz vor neun Uhr bremsten Sternberg und Tommasini hinter dem unauffälligen Wagen, in dem zwei Polizeibeamte die Wohnung des Maschinisten beobachteten. Sternberg schlenderte ebenso unauffällig zu ihnen und klopfte leicht ans Fenster.

»Haben Sie den Verdächtigen gesehen?« fragte er, als die Scheibe sich öffnete.

»Nein«, antwortete der Polizist. »Ziemlich öder Job. Der Mann wohnt offenbar bei seiner Mutter. Die haben wir schon mehrmals gesehen.«

»Dann werden wir sie jetzt fragen, wo ihr Sohn steckt.«

Sternberg winkte Tommasini zu. Sie überquerten gemeinsam die Straße und studierten schließlich die Namensschilder des Mietshauses.

»Ohlmüller. Da ist er«, sagte Tommasini. Er drückte auf den Klingelknopf.

Es dauerte lange, bis der Türsummer ertönte. Schnell liefen sie in den dritten Stock. Die Wohnungstür war nur einen Spalt geöffnet. Frau Ohlmüller hatte die Sicherheitskette vorgelegt.

»Guten Abend!« sagte Sternberg. »Wir sind Polizeibeamte, würden Sie bitte die Türe öffnen?«

»Nein!« antwortete eine entschlossene Frauenstimme. »Ich werde nicht aufmachen. Sie müssen mir schon Ihren Ausweis zeigen.«

Sternberg zog seinen Ausweis aus der Jacke und reichte ihn durch den Türspalt.

Ich kann es ja verstehen, dachte er, aber manchmal langweilt mich das.

Lange Zeit blieb es still hinter der Tür, doch dann wurde sie plötzlich geöffnet.

Eine ältere Frau stand vor ihnen. Sie trug einen Bademantel und hatte Lockenwickler im Haar.

»Frau Ohlmüller?« fragte Sternberg.

Sie nickte.

»Wir möchten Ihren Sohn sprechen. Er war doch Maschinist auf der ›Martha‹, die vor zwei Wochen gesunken ist. Wir haben ein paar Fragen an ihn.«

Die Frau musterte Sternberg und Tommasini von oben bis unten.

»Er ist in seinem Zimmer«, sagte sie unwirsch. »Gut, daß Sie endlich kommen. Er säuft sich sonst noch zu Tode. Gesunken ...«, sie lachte höhnisch auf.

»Wo ist das Zimmer?« fragte Tommasini.

»Da!« Sie wies auf eine Tür.

Tommasini stellte sich seitlich neben den Türstock und stieß die Tür auf. Er hätte sich die Vorsichtsmaßnahme sparen können. Der Maschinist lag auf seinem Bett und schnarchte. Neben seinem Bett lagen mehrere leere Flaschen. Sternberg und Tommasini mußten ihre Kollegen zu Hilfe rufen, um den Betrunkenen ins Polizeirevier zu bringen.

Am nächsten Tag verhörten Carla und Sternberg den Kapitän und Ohlmüller gleichzeitig. Die beiden Männer sahen sich nicht an. Aber als Ohlmüller hörte, daß die Taucher geöffnete Flutklappen gefunden hatten, zuckte er zusammen.

»Außerdem war die Tür der Funkerkabine von außen verschlossen«, sagte Sternberg bedächtig.

Ohlmüller fuhr hoch und starrte den Kapitän an. Der Maschinist sah nicht besonders gut aus. Er hatte seinen Rausch nur halb ausgeschlafen. Seine Backen waren mit hellen Bartstoppeln bedeckt. Schlaffe Tränensäcke hingen unter seinen Augen.

»Du hast Freese umgebracht!« stieß er hervor. »Das hast du verschwiegen. Mir hast du gesagt, daß es ein Unfall war, du Dreckskerl.«

Der Kapitän warf einen angewiderten Blick auf Ohlmüller und antwortete nicht.

»Du hast gesagt, daß der Junge einen Denkzettel kriegen muß, und ich Idiot bin mitgefahren. Ich hab sogar das Auto geklaut. Aber du wolltest ihn umbringen. So war das nämlich!«

Ohlmüller sah die beiden Kommissare aus trüben Augen an.

»Ich bin kein Mörder!« schrie er. »Ich hab die Flutklappen aufgemacht, weil er das so wollte und weil der Kahn sowieso nichts mehr wert war. Aber ich bin kein Mörder!«

Kapitän Kemper schaute auf seine Schuhe. Er sagte noch immer nichts.

Carla spürte, daß ihre Handflächen feucht wurden.

»Vielleicht«, sagte sie langsam, »vielleicht sollten Sie auch etwas dazu sagen, Kapitän.«

Kemper hob den Kopf.

»Ich hätte mich nie mit so einem Schwachsinnigen einlassen sollen!« antwortete er.

Später an diesem Tag wurde der Geschäftsführer der Seahawk-Reederei festgenommen. Er gestand kurz darauf, daß er die Anweisung zur Versenkung der »Martha« gegeben hatte, allerdings auf Weisung von oben. Die Besitzer der Seahawk konnten nicht verhaftet werden. Sie hatten sich ins Ausland abgesetzt – nach Afrika möglicherweise. Was aus dem Batterieschredder in Rojo werden sollte, war noch unklar. Die Umweltministerien von Deutschland und Spanien wollten Verhandlungen darüber führen, wie die Kosten aufgeteilt werden sollten. Es würden beträchtliche Kosten sein, denn die Schredderhalden mußten fortgeschafft werden. Außerdem mußte die Erde abgetragen werden, und Rojo würde für lange Zeit auf eine Trinkwasserversorgung von außen angewiesen sein.

Carla und Sternberg waren tagelang mit Berichten und Anfragen aus dem Ministerium beschäftigt.

Thore ging es inzwischen besser. Er konnte bereits aufrecht in seinem Bett sitzen, und er machte gemeinsam mit Kai und Anna Pläne für die Zukunft. Auf gar keinen Fall wollte er mehr zur See fahren. Aber er überlegte sich, ob er nicht zur Wasserschutzpolizei gehen könnte. Den passenden Schulabschluß hatte er ja bereits. Tommasini, der Thore jeden Tag besuchte, ermutigte ihn.

»Das wäre genau der richtige Job für dich«, sagte er. »Und außerdem hätte ich dann endlich einen prima Kollegen.«

RTB Detektiv

RTB 60   ab 10

RTB 208   ab 10

RTB 1536   ab 10

RTB 1754   ab 10

RTB 1761   ab 12

RTB 1784   ab 12

Ravensburger TaschenBücher

RTB Fantasy

RTB 4015

RTB 4036

RTB 4038

RTB 4085

RTB 4095

RTB 4100

Ravensburger TaschenBücher